KB126162

WISHBOOKS GAME FANTASY STORY

만렙 플레이어 14

비츄 게임 판타지 장편소설

초판 1쇄 찍은 날 | 2019년 5월 14일
초판 1쇄 펴낸 날 | 2019년 5월 21일

지은이 | 비츄
펴낸이 | 예경원

기획 | 위시북스
편집책임 | 이규재
편집 | 위시북스

펴낸곳 | 예원북스
등록번호 | 제396-2012-000132호
등록일자 | 2012. 7. 25
KFN | 제1-408호

주소 | 경기도 고양시 일산동구 호수로 646-24 위너스21 II빌딩 206A호 (우)10401
전화 | 031-819-9431 팩스 | 031-817-9432
E-mail | yewonbooks@naver.com

ISBN 979-11-6424-291-7 04810
        979-11-6098-880-2 (set)

14
만렙
WISHBOOKS GAME FANTASY STORY
비츄 게임 판타지 장편소설
플레이어
Wish Books

CONTENTS

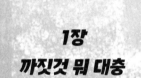

1장
까짓것 뭐 대충

　토러스는 일명 '노른자 땅'이다. 그중에서도 '토러스 광야'가 더욱 그렇다. 젊은 사람들을 중심으로 하여 수많은 레이드 팀이 꾸려져서 매일같이 사냥이 이루어지는 곳.

　과거에는 '요새'로서 대연합의 허락을 받은 자만이 들어갈 수 있는, 대연합이 독점하고 있던 사냥터였으나 이제는 아니다. 절대악이 그곳을 공개하면서 수많은 플레이어들이 수익성이 매우 높은 몬스터인 푸른 털 사슴과 푸른 털 수달을 잡는다.

　그런데 이번에 죽음의 안개가 활성화되면서 그 많은 플레이어들의 발길이 묶였다.

　"아이씨. 그딴 게 무슨 대수라고."

　죽음의 안개가 계속해서 전진해 오고 있단다. 그래서 경비병들이 토러스 광야로 나가는 것을 막았다.

"야. 솔직히 죽음의 안개가 오려면 아직 멀었잖아."

경비병 NPC는 인상을 찡그렸다. 하지만 대꾸하지는 않았다.

"……."

"말 좀 해봐. 죽음의 안개 졸라 멀리 떨어져 있다매. 근데 왜 못 나가게 하냐? 이거 사냥터 독점 아니냐?"

그러면서 플레이어 한 명이 경비병의 옆구리를 툭툭 쳤다. NPC는 창을 휘두를 뻔했다.

'주군을 위하여 참는다.'

원래 성격이었으면 '이 어린놈의 새끼가!'라고 외치면서 창을 휘둘렀을지도 모른다. 간덩이가 몸 밖으로 튀어나온 놈 같다. 경비병의 몸을 함부로 건드리다니. 다만 이곳이 절대악의 영지이고, 절대악께서 플레이어들에게 함부로 제재를 가하지 말라고 명령을 내려놓았기에. 주군 때문에 참고 있는 거다.

"사실 절대악도 존나 겁쟁이 새끼인 거 아냐?"

무리는 약 20여 명. 다들 킥킥대고 웃었다.

"우리가 원래 한 달에 한 300만 원씩은 버는데 말이야."

"우리 손해. 책임져 줄 거냐?"

경비병은 300만 원이 얼마나 큰돈인지는 모른다. 바깥세계의 화폐단위에 대해서는 아는 바가 전혀 없었으니까.

"……안전을 위하여 밖으로 나갈 수 없다. 주군의 명령이시다."

"그러니까 그게 너네 주군이지. 내 주군이냐고? 어이가 없네."

20여 명의 무리. 경비병이 보기에 이놈들은 약했다. 그다지 센 놈들이 아니었다.

플레이어들의 레벨은 대체적으로 나이에 비례하는 경향을 보인다. 그러나 완전히 정비례하는 것도 아니고, 히든 클래스나 절대악 같은 특수한 경우도 있지만, 대체적으로는 그랬다.

'바깥세계의 나이로 치면 끽해야 10대 중반.'

원래 저 나이 때는 플레이어들의 아카데미인지 뭔지 하는 곳에서 수련을 해야 한다. 그런데 주군께서 여러 가지 길을 마련해 주시면서, 굳이 아카데미를 통하지 않고서도 스텝업 포인트를 얻을 수 있게 되었고 아카데미를 의지하지 않아도 꿈을 찾아갈 수 있도록 도와주었다.

이놈들은 그 혜택을 본 놈들인 것 같았다.

'레벨로 치면 끽해야 20대 중후반.'

이곳. 토러스 광야의 입장제한 레벨은 20이다. 놈들의 레벨은 20대 중반 정도 되어 보였는데 각양각색의 클래스가 모여 있어서 사냥을 하기에 그다지 무리는 없을 것 같았다.

경비병의 파악은 정확했다. 소년의 나이는 16살. 아카데미에 입학하지 않고 바로 사냥전선에 뛰어들었다. 운이 좋았고 친구들과 함께 레벨 20대 중반까지 올릴 수 있었다. 그의 닉네임은 '둘리'였다.

둘리가 투덜거리며 말했다.

"아이 쌍. 그냥 좀 비키라고. 그냥 진짜 쳐 버릴까 보다."

경비병은 남자. 아니, 소년을 가로막았다.

"주군께서 밖으로 나가는 것을 허락하지 않으셨다. 정 나가고 싶다면 서문을 이용해라. 다른 필드로의 길은 뚫려 있으니."

그 말에 소년이 침을 퉤 뱉었다. 경비병 NPC의 가슴팍을 향해서 말이다.

"야. 네가 뭔데 나보고 이래라 저래라야?"

그의 무리가 '오오!' 하고 함성을 내질렀다. 남자다! 라든가, 멋있다! 라든가 환호를 해줬다.

"여기가 돈이 제일 많이 된다고. 내 돈. 어쩔 건데? 네가 책임질 거냐고? 죽음의 안개가 이쪽까지 오려면 아직 멀었잖아. 왜 근데 못 나가게 하냐고. 어? 아 진짜 이 좆밥 같은 게."

친구들이 뒤에서 오오! 하고 환호성을 질러서인지 소년은 더욱 흥분했다.

"꺼져. 나는 그냥 가야겠으니."

경비병의 몸을 세차게 밀었다. 그랬다가 역으로 제압당했다. 경비병 NPC가 소년의 다리를 걸어 세차게 넘어뜨렸다. 그와 동시에 손날로 소년의 뒷목을 강하게 내려쳤다.

소년은 그 상태로 바닥에 고꾸라졌다. 경비병 NPC는 거기서 멈추지 않고 창으로 소년의 뒷목을 찔러 버렸다. 세게 찌른 것은 아니었다. 다만 창끝에 묻어 있는 마비독으로 소년을 잠시 스턴 상태에 빠져들게 만들었다.

스턴 상태에 빠져든 둘리는 아무런 말도 못 했다. 방금 무슨 일이 일어난 건지도 몰랐다. 경비병이 설마하니 자신을 진짜 때릴 줄도 몰랐다.

"……모두 돌아가라. 다른 필드로의 이동은 막지 않는다. 토러스 광야로의 이동이 불가할 뿐이다."

소년들은 뒷걸음질 쳤다.

"이 새끼. 이거 과잉진압이다!"

"플레이어를 창으로 찌르다니. 두고 봐라. 무조건 후회하게 해준다."

"영상 촬영 스톤으로 다 촬영해 놨어. 넌 이제 좆된 거야."

경비병은 이미 귓말로 보고를 올려놓은 상태다. 그 보고는 신속하게 보고라인을 타고서 한주혁이 미리 주둔시켜 놓은 토러스 기병대의 대장 타우에게 올라갔다. 타우는 또다시 그 보고를 시르티안에게 즉각적으로 올렸다. 그 보고를 받은 시르티안이 한주혁에게 물었다.

그러자 한주혁이 어깨를 으쓱했다.

"마음대로 하라고 해. 그냥 둬."

그리고 문득 생각난 듯 말했다.

"앞으로도 과잉진압 많이 하라고 해. 그 경비병 특별포상 두둑하게 챙겨주고."

사람들이 자꾸 잊는 거 같은데. 토러스 영지는 한주혁 소유다. 사냥터를 독점할 수는 없는 법이지만(대연합은 그렇게 했었다) 영지 없이 원활한 사냥은 거의 불가능에 가깝다.

"앞으로 그 새끼들은 발도 못 붙이게 해. 드라군에 그놈들

신상정보 넣어."

말로 하면 좀 들어 처먹어야 곱게 곱게 나가지.

"알겠습니다."

과잉진압을 주장하던 플레이어들은 이제 다시는 토러스에 발도 못 붙이게 될 거다. 놈들이 마법병기 드라군의 화력을 뚫을 수 있는 게 아니라면 말이다.

시르티안이 말했다.

"다시는 토러스에 얼쩡거리지도 못하게 만들겠습니다."

이른바. 토러스 발 '과잉진압 사태'는 SNS를 통해 빠르게 퍼졌다. 둘리 일당이 NPC에게 얻어맞고 창에 찔리는 영상. 과잉진압이라며 열심히 동영상을 퍼날랐는데 정작 반응은 싸늘했다.

-NPC가 어지간하면 플레이어들 잘 안 건드리는데.
-절대악 소속 NPC는 플레이어 존중하기로 유명하지 않음?

오히려 욕만 왕창 먹었다.

-과잉진압 매우 찬성함.

재미있는 건, 토러스 필드에는 사각지대가 거의 없을 정도로 촘촘하게 감시망이 깔려 있었고 JTBN을 통해 풀영상이 공개되었다는 거다.

영상 속에는 경비병에게 침을 뱉는 모습, 깐죽거리는 모습이 정확하게 포착되었다.

-저 개새끼들. 나 같으면 카오되고 죽였다.
-저런 주제에 과잉진압? 꼴같잖은 소리하고 있네.

처음 SNS에 '과잉진압'이라며 동영상을 올렸던 둘리는 쏟아지는 엄청난 욕과 사이버 테러에 SNS를 비공개로 돌리고 영상을 삭제했다.

란돌이 고개를 끄덕였다.

"……그렇게 된 것이군."

그런데 이것은 하나의 도화선이 되었다. 그 영상을 시작으로 하여, 지금껏 숨죽이고 있던 많은 플레이어들이 들고일어섰다. 과잉진압 때문에 들고일어선 것은 아니었다.

"절대악은 우리의 생존권을 보장하라!"

"우리의 생계가 달렸다!"

토러스 광야에서 사냥을 진행하던 수많은 플레이어들. 그중에서도 '푸른 털'을 취급하고 있는 연합들이 연합했다.

보고를 들은 란돌은 좀 황당해졌다.

"이 일의 발단이 성좌 때문이라는 것이 명백히 밝혀졌는데……."

그렇다면 죽음의 안개를 만들어낸 장본인인 성좌에게 가서 따져야 하는 게 맞지 않는가. 너희 때문에 우리의 일자리가 사라졌다. 어떻게 할 거냐. 보상해라. 그게 상식적이지 않은가.

'그런데 절대악에게 보상을 요구하다니.'

죽음의 안개가 얼마나 위험한지는 모른다.(현시점에서는 죽음의 안개를 경험한 사람이 한주혁과 한세아밖에 없다.)

그러나 매우 위험할 것이라고 예상했다. 죽음의 안개를 만들어내는 과정에서 실제 사망자가 발생하였고 많은 이들이 델리트되었다. 죽음의 안개 역시 그와 비슷한 능력을 가지지 않았을까, 많은 전문가들이 예상 중이다.

란돌의 상식으로는 이해할 수 없었다.

'오히려 미리미리 위험을 차단해 준 절대악에게 고마워해야 하는 것 아닌가?'

결국 그는 이렇게 판단할 수 있었다.

'정작 성좌들은 누군지도 모르고. 또 말을 들어줄 것 같지도 않으니……'

그나마 말이 통하는 상대. 세계의 영웅. 조르면 뭐라도 해줄 것 같은 상대. 쉽게 말해.

'만만한 상대를 물고 늘어지는 건가.'

저들의 상황을 아예 모르는 건 아니다. 보상을 요구하는 그

마음 자체를 외면하지는 않았다. 저들 중에는 가족을 책임지고 있는 가장들도 있을 거고, 당장 빚을 갚아야 하는 사람도 있을 거다. 각자의 위치와 사정이 있는 건 당연하다.

그러한 상황에서 뭐라도 해봐야 하지 않겠는가. 그나마 눈에 보이는 영웅인 절대악에게 보상을 달라고 떼를 쓰는 것을 이해는 한다.

'하지만 방법이 잘못됐지.'

만약 저들이 아서재단을 통해 '지금 갑자기 상황이 이렇게 되어 너무나 안 좋습니다. 잠시만 도와주시면 다른 곳에서 자리를 잡고 꼭 은혜를 갚겠습니다. 잠시만 지원하여 주십시오' 라고 말하면 그 말을 거부할 절대악이 아니다.

토로스 필드에서 사냥하던 플레이어들이 다른 곳에서 자리 잡을 수 있을 때까지 도와주는 것은 일도 아니다.

'절대악이 영웅인 것은 맞지만 호구는 아닌데.'

그건 완벽한 착각이다. 란돌은 차를 마셨다. 요즘 맛들인 핫초코다. 이거 굉장히 따뜻하고 맛있다.

"절대악을 호구로 보면 참 많이 안 좋을 텐데."

대중에게 잘해준다고 해서 결코 만만한 사람은 아니다. 말 몇 마디로 미국과 러시아를 움직이는 거인이다. 저들은 잘못 판단하고 있었다.

같은 시각. 한주혁이 말했다.

"경비 풀어."

그 시간부로 토러스 요새의 출입 제한이 풀렸다. 토러스 광야로 나가도 된다는 허락이 떨어졌다. 절대악의 입장은 이러했다.

-죽음의 안개가 매우 위험한 것을 미리 고지합니다. 확장 속도가 빠릅니다. 매우 위험하니 접근하지 않는 것을 권고합니다. 그러나 저 역시 플레이어의 플레이 자유를 막을 수는 없습니다. 자유를 존중합니다.

한 가지는 확실히 했다.

-자유를 존중하되, 그 자유에 대한 책임은 플레이어 개개인이 져야 합니다. 이후 토러스 필드에서 생기는 그 어떠한 손해에 저는 책임을 지지 않습니다.

천세송은 한주혁에게 팔짱을 꼈다. 한주혁보다 천세송이 더 화났다.

"그게 얼마나 위험한 건지도 모르면서 하여튼 말은 참 잘해요. 그냥 다 패버리고 싶어요."

"나 대신 죽음의 안개가 패줄 거야. 확장 속도가 더 빨라지고 있거든."

죽음의 안개가 점점 빠르게 접근하고 있다. 시르티안이 말했다. 어린애들은 저게 뜨거운 건지 안 뜨거운 건지. 만져봐야 안다고. 데어보고 나서야, 안 만지게 된다고.

"왜 오빠한테 난리예요? 죽음의 안개를 오빠가 만든 것도 아닌데. 어차피 나 풀카오인데 그냥 확 다……."

확 다 죽어 버릴까 보다. 라고 말하고 싶었는데 그럴 수 없었다. 왠지 이렇게 격하게 말하면 오빠가 싫어할 것 같은 기분이다.

"그냥 확 다……."

뭐라고 마무리하지?

"그냥 확 다……."

뭐라고 하지?

"그냥 확 다…… 혼내줄 거예요. 무섭게!"

한주혁의 눈에 천세송은 사랑스럽기 그지없었다. 천세송의 머리를 슥슥 쓰다듬었다.

"그래? 다 혼내줄 거야?"

"네! 저 엄청 세거든요."

그런데 제9장로 팬더에게서 귓말이 왔다.

-주군. 죽음의 안개의 전개 속도가 엄청나게 빨라졌습니다. 주변의 생명력을 느낀 모양입니다.

그리고 얼마 뒤.

-플레이어 여럿이 사망했습니다. 정확한 숫자는 파악하기 어려우나 대략 40여 명 정도 되는 것 같습니다.

손 쓸 새도 없이 사망했단다. 사냥의 자유권을 보장하라며 밖으로 나갔던 플레이어들 대다수가 그 자리에서 사망했다. 죽음의 안개가 생각보다 훨씬 빨리 접근했기 때문이다. 델리트되었는지 아닌지는 확인하지 못했다.

-주군. 플레이어의 생명력을 흡수한 죽음의 안개가 더욱 커지기 시작했습니다.

죽음의 안개가 기세를 더해갔다. JTBN을 통해 그 사실이 방영되었다. 플레이어들 여럿이 잡아 먹혔다. 그들은 다시 살아나오지 못했다.

같은 시각. 기천은 회심의 미소를 지었다.

'죽음의 안개는 그 누구도 없애지 못해.'

지금은 성좌로서의 모든 힘을 잃어버렸지만, 성좌의 힘을 가지고 있을 때에도 저걸 어떻게 할 수는 없었다.

그가 자신 있게 말했다.

"일단 시작된 죽음의 안개는 그 어떠한 방법으로도 막을 수 없지."

플레이어들을 잡아먹으며 점점 더 커질 거다. 그러고서 절대악의 영지들을 전부 잡아먹어 버릴 거다. 애초에 그렇게 세팅된 죽음의 안개다.

"나조차도 막을 수 없는…… 자연재해급의 괴물이니까."

유리아가 고개를 끄덕였다. 절대악이라면 이를 가는 유리아다. 힘을 모두 잃은 뒤. 지금은 거의 폐인이 되었다. 방에만 처박혀서 살고 있다. 1번 성좌의 자리를 잃고 천수의 지팡이를 빼앗긴 뒤로, 몸무게가 30kg이 늘었다.

"제발 절대악을 좀 어떻게 해야 할 텐데."

뭐가 됐든 좋다. 절대악이 망하면 좋겠다.

"삼촌. 진짜 아무리 절대악이라도 저거 못 없애는 거 맞지?"

"당연하지. 저건 제국에서도 어떻게 못하는 거야."

기천은 유리아의 컴퓨터 모니터를 쳐다봤다.

'응……?'

모니터에는 올림푸스 매니아가 켜져 있는 상태. 기천의 눈이 점점 커지기 시작했다.

기천이 저도 모르게 중얼거렸다.

"말도…… 안 돼."

"삼촌? 왜 그래?"

유리아도 모니터를 살펴봤다.

"엥……?"

믿을 수 없는 일이 벌어지고 있었다.

기천은 자신만만했다. 죽음의 안개는 그 어떠한 힘으로도 없애지 못한다. 정말로 에르페스 제국의 황제가 움직여서 없애는 방법을 찾아라! 라고 최상급 NPC들에게 명령하지 않는 한, 지금은 그 어떠한 방법으로도 죽음의 안개를 없앨 수 없다고 확신했다. 그런데 그 확신은 그다지 오래가지 못했다.

"이, 이, 이게 무슨……."

"삼촌! 이게 뭔데!"

JTBN 카메라에 잡힌 것은 절대악이 죽음의 안개로 들어가는 것까지였다. 절대악의 모습은 더 이상 잡히지 않았다. 죽음의 안개는 한주혁의 시야마저도 삼켜 버리는, 암흑의 물질이니까.

"모, 몰라."

그런데 그 암흑의 물질이 팽창하는 속도가 갑자기 줄어들었다. 성좌의 힘을 잃은 이후로 30㎏이 늘어난 유리아가 주먹으로 쾅! 책상을 내려쳤다.

"삼촌. 이게 뭐냐고!"

"그러니까…… 저게 뭐지?"

"저거 죽음의 안개 맞지? 뭐 다른 거 아니지?"

죽음의 안개에 절대악이 들어갔다. 기천의 예상대로라면 저 죽음의 안개가 절대악을 잡아먹어야 한다. 그리고 그 힘을 흡수한 죽음의 안개가 더더욱 커져야 한다.

"왜 안 커져?"

그런데 죽음의 안개의 성장이 멈췄다. JTBN 카메라는 현재 드론 촬영기법을 사용하고 있는 중. 상공에서 죽음의 안개를 내려다보고 있다. 실시간으로 팽창하던 죽음의 안개가 제자리에 머물렀다. 아니, 머무르는 정도가 아니었다.

"왜 쪼그라드냐고!"

그런데 죽음의 안개가 팽창하기는커녕 더 쪼그라들고 있는 것 아닌가. 기천은 지금의 상황을 믿을 수 없지만 잠시 상황을 지켜보기로 했다.

"저건……."

죽음의 안개는 못 없앤다. 아무리 절대악이라도. 절대악이라도 저건 어떻게 할 수 없는 거다. 분명히 그렇다.

"그래. 절대악을 없애기 위해 죽음의 안개가 밀집하고 있는 거야."

"밀집?"

"절대악이 워낙 강력한 놈이니까. 죽음의 안개도 스스로의 농도를 높이고 있는 거지."

"아."

유리아는 흥분을 조금 가라앉혔다.

지금 성좌들에게 상황이 아주 많이 불리한 상태다. 성좌가 누구인지 알려지는 즉시. 어쩌면 진짜로 돌을 맞을지도 모를 일이다. 일각에서는 성좌들의 신상을 털어서 구속해야 한다는 말까지 나오고 있는 중.

이러한 상황에서 성좌가 발생시킨 것이 분명해진 죽음의 안개를 절대악이 없애 버린다? 그것만큼 최악의 시나리오는 없는 것 아니겠는가.

"절대악은 더 이상 영웅이 되면 안 돼."

영웅은 쉽게 무너진다. 여태까지 그래왔다. 영웅보다는 악당이 더 잘사는 게 이 세상의 이치다. 적어도 유리아가 알기로는 그랬다. 영웅은 말이 좋아 영웅이지 그냥 호구다. 좀 더 좋게 포장하면 희생정신이 투철한 사람 말이다.

"나도 알아. 걱정 마. 죽음의 안개는 절대 못 없애니까."

"……."

유리아가 뭔가를 발견했다.

"……근데 저게 뭔데?"

그러게. 저게 뭐지? 기천은 황당했다.

'죽음의 안개에……. H/P바가 생겼어?'

갑자기 H/P바가 생겼다. 마치 몬스터처럼 말이다. 죽음의 안개에는 원래 H/P 같은 게 없을 텐데. 왜 저렇지?

"왜 H/P바가 줄어드는 건데?"

"……."

기천도 예상하지 못한 상황이다. 죽음의 안개에 H/P바가 생길 줄 누가 알았겠으며, 심지어는 그 H/P바가 줄어들 거라고 누가 생각이나 했겠는가.

"……."

차라리 안을 보고 싶었다. 무슨 일이 일어나고 있는 건지. 죽음의 안개가 모든 빛을 빨아먹는 물질이다 보니 안이 전혀 보이지 않았다. 기천조차도 답답했다.

'안에서 도대체 무슨 일이 일어나고 있는 거야?'

같은 시각. 한주혁은 굉장히 평안했다.

한주혁에게는 특별한 아이템이 있다.

<생명의 숨결 상자>

생명의 숨결이 담긴 상자입니다. 생명의 숨결이 기본 20알이 제공됩니다. 생명의 숨결은 축복의 여신 가이아의 숨결로 이루어진 알약입니다. 생명의 숨결은 죽음의 안개에 강력한 내성을 가지고 있습니다.

효과: '죽음의 안개'에 저항

저항시간: 1알/30분

현재 보유량: 20/20

재생성 시간: 1알/24시간

기본적으로 20알이 세팅되어 있으며 24시간마다 1알이 생성된다. 한주혁은 그중 하나를 섭취했다.

'까짓것 뭐 대충.'

세상은 죽음의 안개에 대해서 모르지만 한주혁은 잘 알고 있다. '헌납하는 제단'에서 이미 겪어보지 않았는가. 어떤 사람들은 '플레이어의 멸망을 몰고 올 재앙 같은 자연재해'라고 까지 과장해서 표현하기도 했다.

그만큼, 죽음의 안개는 강력해 보였으니까.

'저번보다 훨씬 쉽네.'

저번에 한주혁은 나름의 위기감을 느꼈었다. 처음 보는 것이고 굉장히 강력한 물질일 것 같았으니까. 그런데 지금은 아니었다. 예전보다 훨씬 편했다.

한주혁을 도와주는 여러 힘이 있다. 하나의 힘도 아니고 여러 개의 힘인데 심지어 그 하나하나의 힘이 지나치게 강력했다. 이건 힘들려야 힘들 수가 없는 상황이다.

기천이 '아무리 절대악이라도 저 안에서는 살아나올 수 없어'라고 확신하면서 유리아에게 거드름을 피우고 있을 무렵. 한주혁이 이런 알림을 듣고 있었다.

-강화된 진 파천악심공의 또 다른 속성을 확인합니다.
-불꽃 속성이 죽음의 안개에 강력하게 저항합니다.
-불꽃의 강화된 진 파천악심공이 죽음의 안개에 일부 저항하는 데 성공하였습니다.

한주혁은 이미 알고 있었던 알림이다.

같은 시각. 3충성은 절대악이 죽음의 안개에 들어가는 것을 보고 두 가지 상황을 예측했다.

-첫째. 숭고한 희생을 통하여 여론을 움직인다.

혼자서 그 짐을 짊어지는 것처럼 여론 플레이를 하는 것. 그런데 3충성이 보기에 첫 번째 상황은 그다지 신빙성이 없었다. 일반적이라면 그렇겠구나, 할 수도 있겠는데.

-근데 절대악임.

문제는 저 주체가 절대악이라는 거다. 200년의 상식을 미친 듯이 깨부수는 괴물 중의 괴물.

-그러니까 나는 두 번째에 고통찔레꽃을 걸겠음. 절대악은 저걸 없앨 수 있는 능력이 있는 것임.

곳간풍족자 열비람도 거기 합세했다.

-3충성. 네가 첫 번째에 건다면 500만 원을 쏘겠음.

3충성은 심각한 내적 갈등에 휩싸였다. 500만 원. 500만 원이다.
'아니. 나는 500만 원 따위에 흔들리지 않는다!'
그래! 그까짓 500만 원. 나는 이제 매지컬 콜렉터다. 500만 원쯤은 문제가 되지 않는다!

……콜!

3충성은 열비람의 제안을 받아들였다. 결국 3충성은 '절대

악이 숭고한 희생을 위하여 저곳에 들어갔다'고 주장했다. 500
만 원에 의하여 말이다. 재미있는 건 일부 네티즌들이 그에 동
의하고 있다는 것.

-없앨 수 있었으면 진작 없앴겠지.
-이쯤 되면 성좌가 한 번쯤 반격할 타이밍이 되지 않았음? 심지어 델리
트까지 시켜서 얻은 힘이라며? 저건 진짜 강력할 거임.

자낳괴 3충성과 곳간풍족자 열비람의 내기가 시작된 그 시
점에 한주혁은 이미 예측하고 있었다.
'다음 알림은. 내 클래스를 확인하겠지.'
한주혁이 씨익 웃었다.

-저항 조건을 만족한 플레이어의 클래스를 확인합니다.
-절대악 클래스를 확인합니다.
-2차 저항 조건을 만족하였습니다.

한주혁의 미소가 짙어졌다. 2차 저항 조건. 그다음은 3차
저항 조건이다. 그것은 바로 대군주의 칭호. 그것마저도 이미
만족한 상태. 여기에 더하여.

-말카노의 귀걸이가 저항합니다.

-불꽃의 강화된 진 파천악심공의 기운이 말카노의 귀걸이의 기운과 조화를 이루어 강력한 시너지 효과를 창출합니다!

모든 저항 조건을 만족했다는 알림까지 들려왔다.

-'죽음의 안개'에 H/P가 생성됩니다.
-'죽음의 안개'에 특별한 설정값이 부여됩니다.

특별한 설정값은 두 개였다. 속성 방어에 이은 물리 방어까지. 죽음의 안개가 내미는 패는 그 두 개였는데 문제는 한주혁에 또 다른 패가 있다는 것.

-'생명의 숨결'을 확인합니다.
-'죽음의 안개'에 부여된 특별한 설정값이 삭제됩니다.

한주혁은 어깨를 으쓱했다.
"뭐야, 이거?"
너무 쉬워서 말도 안 나온다. 성검 세니아를 사용할 필요도 없어지지 않았는가. 물리 공격이 가능해진다. 별다른 속성도 필요 없다.
"너도 좀 맞자."
죽음의 안개든, 죽음의 안개의 할아버지든, 일단 H/P바가 있으면 냅다 때릴 수 있다. 한주혁이 허공에 주먹을 뻗었다. 구마도스의 장갑이 가진 힘도 필요 없었다. 주먹을 몇 번 휘두르니 안개가 걷히기 시작했다.

그런데 그마저도 귀찮아졌다.

'방어력이 높은 건지, H/P가 높은 건지.'

그래서 사용했다.

-스킬. 아수라극천무를 사용합니다.

눈앞에 보이는 모든 곳을 공격하는 절대악의 공격 스킬. 아수라극천무가 빛을 발하자 토로스 광야에 널리 펼쳐져 있던 죽음의 안개는 순식간에 걷혔다.

죽음의 안개가 깨끗하게 걷혔다. 그 상황을 본 기천은 다리에 힘이 풀려 쓰러지고 말았다.

"이건…… 말도 안 돼."

죽음의 안개를 얻기 위해 얼마나 생고생을 했단 말인가. 설명에 따르자면, 절대악과 그 무리를 멸망시킬 수 있는 강력한 힘을 가진 절대 멸살의 물질이라고 표현되어 있었다. 그 설명은 아무래도 쓰레기였던 것 같다.

토로스 광야 한가운데에 우뚝 서 있는 절대악은 그 어떠한 상처도 입지 않은 모습이었다. 마치 산책이라도 나온 사람처럼 한가해 보였다.

'절대악은……'

도대체.

'도대체 어디까지 미친놈이란 말인가.'

죽음의 안개까지도 소용이 없다니. 어떻게 이럴 수 있단 말인가. 기천은 망연자실했다. 뭔가 마지막 희망의 끈마저도 사라진 것 같은 느낌이랄까.

한편, 기천만큼 다리에 힘이 풀린 사람은 또 있었다. 그의 눈에 실시간으로 올라가는 'ㅋㅋㅋㅋㅋㅋㅋㅋㅋㅋㅋㅋ'가 보였다.

곳간풍족자 열비람이 말했다.

-고통찔레꽃 타임이다. 3충성.

한주혁은 죽음의 안개를 완전히 없애 버렸다. 덕분에 또 보상을 얻었다. '생명의 숨결 상자'를 하나 더 얻었다. 이건 제1장로 룩소에게 줬다.

"장로들과 함께 유사시에 대비할 수 있도록."

이것만으로도 죽음의 안개에 저항할 수 있는 힘이 생길 것이다. 장로들 정도의 힘이라면 이것만 있어도 괜찮을 거다.

"그 명을 받듭니다!"

한주혁이 토러스 요새로 돌아왔을 때. 수많은 플레이어들이 성벽에 모여 있었다. 성벽에는 루펜달이 있었다. 루펜달이 선창했다.

"헝렐루야!"

그러자 수많은 플레이어들이 따라 외쳤다.

"헝렐루야!"

다시 루펜달이 외쳤다.

"헝멘!"

그러자 수많은 플레이어들이 또 외쳤다.

"헝멘!"

한주혁은 순간, 루펜달을 죽일까 생각했다. 마침 알림도 들려오지 않는가.

-새로운 성좌를 발견하였습니다!

-1번 성좌를 발견하였습니다!

성좌의 직위를 획득한 이후. 처음 보는 루펜달이다.

-성좌 발견 보상이 주어집니다!

-성좌 발견 보상 'x20'이 주어집니다.

한주혁은 고개를 갸웃했다.

'곱하기 20?'

뭐에 곱하기 20이라는 거지. 그와 동시에 전투 결과창이 업데이트됐다.

<전투 결과>

1. 1번 성좌 루펜달

2. -

3. 3번 성좌 다르크 (1/3)

4. 4번 성좌 Siri (0/3)

5. 5번 성좌 채순덕 (2/3)

6. 6번 성좌 ? (0/3)

7. 7번 성좌 루나 (1/3)

+상세설명

한주혁은 여기서 약간의 이상함을 발견했다.

'루펜달에게는 사살 횟수가 없네.'

다른 성좌들은 사살 횟수가 기록되는데 루펜달은 아니었다. 뭔가가 달라졌다. 그리고 2번 성좌가 공란으로 바뀌었다.

'뭘 의미하는 거지?'

아직은 알 수 없었다.

'차차 알게 되겠지.'

한주혁은 인벤토리를 열었다. 방금 보상으로 주어진 'x20'이 무엇인지 살펴보기 위하여.

2장
'?'대륙

한주혁이 인벤토리를 열어 확인했다.

<x20>

　다음에 해당하는 선택지들 중 하나를 선택하여 20분간 x20의 증폭 효과를 나타내는 스크롤.

　1. 경험치 x20

　2. 드랍 아이템 x20

　(단, 유니크급 이하 아이템에 해당되며 몬스터 스톤에는 적용되지 않음.)

　3. 몬스터 사냥 숫자 x20

　(몬스터 사냥 개체 수에만 인정되는 효과이며, 경험치에는 적용되지 않음.)

4. 스킬 능력 x20

(단, 쿨타임도 20배로 증가.)

한주혁은 고개를 갸웃했다.

'20배의 효과를 낸다라.'

이게 성좌를 발견한 것에 대한 보상인가. 저번에는 모든 보상 'x2' 보상이었었는데 이번에는 20배 스크롤이다.

'약간 애매한데.'

20분 동안 경험치 20배. 20분 동안 사냥만 한다고 가정했을 때, 약 4000분 동안 사냥을 한 것과 비슷한 효과이기는 했다. 그러나 지금 현시점에서 크게 도움이 되지 않는 효과인 것도 사실이었다.

한주혁의 레벨업 필요 경험치가 지나치게 높아서 아무리 사냥을 해봐야 레벨이 오르지 않는다는 것. 없는 것보다는 당연히 도움이 되겠지만 그렇다고 필수적인 효과라 보기에는 어려웠다.

'드랍 아이템 증가도 뭐 그냥 그렇고.'

차라리 몬스터 스톤 x20배면 아주 좋기라도 하지. 블랙 스톤 1개 먹을 것을 20개 먹는 거니까. 그런데 몬스터 스톤도 제외다.

'유니크급 이하면…… 의미 없잖아?'

세상 사람들은 '유니크급'에 목숨까지 걸긴 하지만 한주혁에게 있어서 유니크급 아이템은 그냥 있어도 그만, 없어도 그만 인 수준의 아이템이지 않은가.

'몬스터 사냥 숫자도……. 뭐 아주 필수적으로 보이지는 않 는데.'

몬스터를 잡은 개체 수가 중요한 퀘스트 등이 아니고서야 그렇게 큰 필요는 없는 효과다.

'지금으로서는 스킬 20배가 가장 유효한가?'

블랑디아 영지에서 이미 간접적으로 느꼈다. 제국 최상위급 이라 짐작되는 그 NPC. 기척이 전혀 잡히지 않는 능력을 가진 NPC가 이미 에르페스에 존재하고 있다. 그런 NPC들이 연합 하여 절대악 영지로 쳐들어온다면?

'마성격의 20배 능력이면 나도 가늠이 안 되네.'

마성격의 20배. 혹은 아수라파천무의 20배. 그러한 스킬들 의 20배 효과는, 한주혁 본인도 상상하지 못할 정도였다.

'일단 이건 인벤토리에 넣어두고.'

지금 당장 사용해야만 하는 건 아니었다. 'x20' 스크롤을 다 살펴본 한주혁은 인벤토리를 닫았다.

그리고 며칠이 흘렀다.

한국인들뿐만 아니라 세계 각지의 사람들이 관심을 쏟아내기 시작했다.

-플레이어가 창조한 새로운 대륙!

약 한 달 전. 한주혁이 새로운 대륙을 만들어냈다. 지난 200년 간, 이렇게 위대한 역사를 써내려갔던 플레이어가 또 있었던 가. 아무도 없었다. 플레이어가 대륙을 만들다니.

"내일이면 새로운 대륙 열리는 거잖아?"

"대박이다. 내가 살면서 이런 날이 올 줄이야."

여태까지 절대악이 해왔던 것만으로도 이미 충분히 놀라운 데. 심지어는 이제 대륙을 창조하는 단계에 이르렀다.

"일단 한국을 기반으로 하여 만드는 거잖아. 그럼 한국 소유 의 영토인가?"

"글쎄. 그렇게 되겠지……?"

그것 때문에 세계 각국이 절대악에게 러브콜을 보내지 않 았던가. 그중에서도 절대악은 한국을 선택했고 결국 한국에 새로운 대륙이 생겨나고 있는 중이고. 그리고 바로 내일이면 새로운 대륙이 오픈될 것이다.

"그 대륙에는 제국이 있나?"

"한국 기반이니까…… 에르페스 제국 소속령으로 들어가지 않겠어?"

"근데 완전히 새로 생기는 곳이잖아."

"시스템 설정으로 어떻게 하겠지. 원래부터 에르페스 제국 소속이었던 것처럼."

"글쎄. 그럴 거면…… 제우스가 새로운 대륙 창조라는 번거로운 방법을 썼을까? 그냥 비밀 필드를 오픈시키는 것으로 하면 되는데."

플레이어들에게 비공개로 가려져 있던, 원래부터 에르페스 제국 소속령인 필드를 플레이어들에게 공개하는 것과 없던 대륙을 창조해 내는 것은 큰 차이가 있지 않은가.

"혹시 200년 역사 최초로 제국의 간섭을 받지 않는 필드가 생겨나는 거 아냐?"

"그게 가능하겠어? 그래도 올림푸스를 다스리는 실질적인 주체는 제국들이잖아."

새로운 대륙에 대해서 온갖 추측과 예상이 난무했다. 모든 매스컴과 미디어가 수많은 추측성 기사를 쏟아냈다.

한주혁이 말했다.

"준비됐어?"

"네!"

천세송이 활짝 웃었다. 그러면서 한주혁과 팔짱을 꼈다. 한주혁은 팔에서 느껴지는 그 부드러운 촉감에 저도 모르게 웃고 말았다. 이 느낌. 참 좋다.

한세아는 그런 오빠를 보면서 생각했다. 더 정확히 말하자면, 착 달라붙는 소재의 원피스를 입은(집 안에서는 이런 옷을 입을 때가 많다) 세송이의, 놀라우리만치 엄청난 바스트에 팔이 닿아 헤벌쭉하고 있는 오빠를 보면서 생각했다.

'어휴. 진짜 남자 아니랄까 봐.'

한세아가 보기에도 천세송은 좀 사기다. 특히 저 바스트.

'1년 전만 해도 주랑 언니한테 밀렸던 거 같은데.'

도대체 무슨 수를 쓴 건지는 몰라도 1년 전과 지금은 좀 다른 거 같다. 성형을 한 것도 아닌데. 그사이 기적이 일어났나 보다. 이건 기적이 틀림없었다.

'저렇게 날씬한데……'

천세송은 운동도 좋아한다. 언제나 운동을 게을리하지 않는다. 덕분에 그녀는 굉장히 탄력적인 몸매를 갖고 있다.

'저 몸매에 저 바스트는 솔직히 사기 아냐?'

그런데 얼굴은 또 앳되다. 이제 겨우 20살이니 당연하다. 그냥 앳된 게 아니라 예쁘게 앳되다. 한세아가 보기에는 그랬다.

"흠흠."

'오빠. 그만 좀. 나는 솔로란 말이야. 내 앞에서 염장질 좀 그만해 줘.'

"오빠. 진짜 우리 먼저 들어가는 거지?"

"어."

세상은 지금 난리다. 새로운 대륙이 오픈된다는 그 소식 때문에. 모든 사람들의 시선이 집중되어 있는 상태. 그런데 한주혁에게 특전이 주어졌다.

제한인원 20명. 제한시간 24시간. 새로운 대륙에 먼저 입장할 수 있는 특권이 주어졌다. 한주혁이 이 대륙의 만들어냈으니 이만한 특전은 당연한 것일지도 모른다.

"그럼. 들어가 볼까?"

한주혁. 천세송. 한세아는 동시에 올림푸스에 접속해 푸르나의 집무실에 모였다.

천세송의 눈이 커졌다.

"세상에."

깜짝 놀랐다.

"장로님들?"

제1장로 룩소가 대표하여 인사했다.

"주군과 주모님을 뵙습니다."

12명의 장로가 한자리에 모인 것은 거의 처음이다. 천세송은 이렇게 느꼈다.

'뭐가 있을지 몰라 그냥 다 준비했어……?'

뭐랄까. 그냥 뭐가 됐든 다 준비한 것 같은 느낌. 한주혁이 어깨를 으쓱했다.

"제한 인원이 20명이라서."

새로이 1번 성좌가 된 루펜달과 아이템 수거꾼인 충성충성충성도 접속했다. 워프 마스터 이주랑까지 접속한 상태. 3충성은 지금 매우 긴장한 상태다.

'드디어…….'

본격적으로 절대악과 함께하는 행보인가.

'나도 새로운 역사를 쓰는 것인가.'

비록 아이템 수거꾼이기는 하지만. 그래도 역사의 현장을 자신의 눈으로 직접 볼 수 있다는 것이 자랑스러울 지경이었다. 새로운 대륙에 가장 먼저 발을 들일 수 있는 영광.

'정보는 곧 나의 생명.'

곳간풍족자 열비람의 곳간을 모두 털어버리기 위해서라도. 정보는 매우 중요했다. 지금은 그 정보를 먼저 획득할 수 있는 절호의 기회였고.

'어…… 그런데…….'

인터넷 논객 3충성은 논리회로가 모조리 멈춰 버리는 것 같은 느낌을 받아야만 했다.

"아……."

앱솔루트 네크로맨서와 7번 성좌, 거기에 워프 마스터 이주랑까지. 저 세 명의 여자를 보는 순간 이성이 마비되는 것 같았다. 아무리 올림푸스 보정이 있다고 해도. 저렇게 아름다운 여자들을 처음 본다.

그의 논리회로가 작동했다.

'영웅의 주변에는 미인이 꼬이는 법이다……!'

심지어.

'뭐야, 저 여자애는?'

그는 처음 본다. 제5장로 베르디를.

'아. 이러면 안 돼. 착한 생각. 착한 생각. 착한 생각. 이성을 찾자. 충성아. 이러면 곤란하다.'

굉장히 어려 보였다. 어려 보이는데 묘하게 섹시한 느낌이 들었다. 뭐랄까. 겉으로는 어려 보이는데 사실 나이가 그보다 훨씬 많은, 말하자면 엄청난 동안이 존재한다면 저런 게 아닐까 싶을 정도.

'뭐 이리 예쁘단 말인가. 전부.'

평생에 한 번 보기도 힘들 정도의 미인들이 어떻게 이렇게 한자리에 모여 있을 수가 있단 말인가.

그런데 절대악은 이 상황이 굉장히 익숙해 보였다. 역시 사는 세계가 다른 사람인 것 같았다.

'으으. 부럽다. 부러워. 미칠 듯이 부럽다.'

그런데 그때 귓말이 들려왔다.

-그 해태 같은 눈깔로 자꾸만 나를 품평하듯 쳐다보면 눈알을 파주겠어요. 이 베르디는 그러한 눈빛에 아주 민감하답니다. 이 베르디를 사랑스러운 눈으로 봐주실 분은 오로지 주군뿐이니까요.

그 살벌한 말에 3충성은 꿈에서 빠져나와 현실로 돌아왔다. 그래. 절대악과 나는 그냥 사는 세계가 다른 사람이다. 그는 현실을 직시할 수 있었다.

'나는 그냥…… 짜져 있어야겠다.'

나는 그냥.

'아이템이나 열심히 주워야지.'

3충성은 오늘 현실을 깨달았다.

워프 마스터 이주랑과 함께 이동하기로 했다. 행정일을 진행하고 있는 시르티안. 그리고 혹시 모를 상황에 대비한 제2장로 요르한을 제외하고 10명의 장로가 한꺼번에 한주혁과 이동했다.

한세아는 마음이 든든해졌다.

'오빠도 장로들의 진짜 능력을 잘 모른다고 했는데.'

설정으로 따지자면, 제국의 최상위급 NPC와도 능히 싸울 수 있는 능력을 가지지 않았는가.

'그런데 그 NPC가 무려 10명!'

새로운 대륙에 뭐가 있더라도 괜찮을 것 같은 느낌이 들었다. 프루나에 워프 포탈이 뚫렸다. 워프 마스터 이주랑이 그 워프 포탈에 M/P를 주입하며 활성화시켰다.

-새로운 대륙. '?'에 입성합니다.

아직 대륙 이름이 정해지지 않았다.

-'?' 입성 조건을 확인합니다.
-아서 플레이어를 확인하였습니다.

-아서 플레이어의 특권을 확인합니다.
-입장 조건이 만족되었습니다!

아서. 그러니까 한주혁이 지정한 20명까지 이 워프 포탈을 통해 아직 본격 오픈되지 않은 신세계로 입장할 수 있다. 한주혁이 10명의 장로. 천세송. 한세아. 루펜달. 이주랑. 충성충성충성. 꼬꼬를 지목했다.

-새로운 대륙 '?'에 입장합니다.

다른 워프 포탈을 탈 때와 크게 다르지 않았다. 약간의 로딩 시간이 흐른 뒤. 그들은 새로운 대륙 '?'에 도착할 수 있었다.

-축하합니다!
-새로운 미지의 땅에 첫발을 내디딘 모험가들을 환영합니다.

한주혁은 주변을 둘러봤다. 새로운 대륙이라 하여 당장 뭔가가 특별한 것 같지는 않았다.
'카고누스 산맥에 위치하고 있는 워프 포탈이랑 비슷하게 생겼네.'
쉽게 말해 산 속에 위치하고 있는 워프 포탈 같았다.

-24시간 동안 '?'를 먼저 탐방할 수 있는 특권이 주어졌습니다.

그와 동시에 퀘스트가 하나 주어졌다.

-퀘스트. '? 대륙의 이름을 설정하라!'가 생성되었습니다.

이름을 만드는 퀘스트. 단순히 이름을 지정할 수 있는 건 아닌 모양이었다.

-제한시간은 24시간입니다.
-24시간 내에 대륙의 이름을 설정하지 못할 경우 대륙이 붕괴됩니다.
-대륙이 붕괴되면 대륙 내의 모든 생명체는 말살됩니다.
-현 시간부로 24시간 동안 타 대륙으로 연결되는 모든 워프 포탈이 작동하지 않습니다.

한주혁은 황당했다.
'뭐 이런 밑도 끝도 없는 퀘스트가 다 있어?'
갑자기 이름을 만들란다. 이름을 못 만들면 대륙이 붕괴되는데, 심지어 탈출도 불가능하다.
한주혁이 씨익 웃었다.
"이거…… 만만치 않겠네."

만만치 않은 만큼. 고생이 큰 만큼. 결과와 보상도 달콤하리라는 것을 아주 잘 아는 한주혁이다. 적이 너무 약해도 재미없지 않은가.

그런데 적들은 너무 약하다. 지금 당장 큰 적인 성좌들도 어지간하면 다 한 방에 뻗는다. 만렙은 아니지만 만렙처럼 플레이하고 있다. 만렙 되어 할 게 없으면 게임은 재미없는 법.

한주혁이 광역탐지를 펼쳤다.

"재미있겠어."

그와 동시에. 뭔가가 그의 탐지에 걸렸다.

'……엄청나군.'

한주혁이 몸을 흠칫 떨었다.

'이 느낌은 뭐지?'

엄청나다. 라는 말로는 설명하기가 어려웠다. 여태껏 나났던 모든 생명체들. 그러니까 NPC와 몬스터들을 통틀어도 이런 느낌을 받아본 적이 없다.

'엄청나게 강한 몬스터……?'

몬스터인지는 모르겠다. NPC일 수도 있다.

'힘을 갈무리하지 못하는 것이 아니라.'

그 넘쳐나는 힘을 일부러 갈무리하지 않는 것처럼 느껴졌다. 끓어오르는 힘을 굳이 감추지 않는 것 같았다.

'아니면 그냥 무의식적으로 흘러나오는 힘이 이 정도인가.'

마치 저 멀리. 산맥 넘어 있는 광야에서 하나의 태양이 활활

불타오르고 있는 것 같았다.

한주혁이 말했다.

"팬더. 느껴지나?"

"느껴집니다."

팬더의 얼굴이 굳었다. 그도 이런 느낌은 처음이다.

"엄청나게 강력한 개체가 잡힙니다. 눈앞에 보이는 산맥 너머. 끝없이 펼쳐져 있는 광야 부근입니다."

팬더는 자신의 눈으로 직접 보지 않았지만 저 산맥 너머에 광야가 있다는 사실을 이미 머릿속에 그리고 있던 중이다.

한주혁은 잠시 생각했다.

'새로운 대륙. 새로운 필드. 갑자기 생성된 시간 제한 퀘스트. 그리고 엄청나게 강력한 몬스터.'

단순한 보스 몬스터급이 아니다. 아예 차원이 다른 느낌. 한주혁 본인도 부딪치면 어떻게 될지 모르겠는, 그 정도 수준이다.

'제국 최상급 NPC는 기척이 아예 안 잡히고.'

반대로 이 쪽에 나타난 생명체는.

'너무 강력해서 기척이 잡히고.'

일부러 잡혀주는 건지는 모르겠다만. 하여튼 역시 올림푸스 세계는 넓었다. 세계의 영웅으로 추앙받으며 최강의 플레이어라 칭송받고는 있다만 아직 최강은 아닌 모양이었다.

'그래. 이래야 재미있지.'

너무 시시하면 재미없다. 한주혁이 씨익 웃었다.

"우리에게는 시간이 24시간밖에 없어."

제한시간은 24시간. 24시간 동안 퀘스트를 클리어하지 못하면 대륙이 붕괴된다. 대륙이 붕괴되면 캐릭터가 사라진다.

'그럴 바에야 차라리 죽는 게 낫지.'

저 정도로 강력한 놈이라면 델리트 능력을 가지고 있을 확률도 있기야 있다만. 그래도 퀘스트 실패로 인해 완전 소멸보다는 죽어서 부활 포인트에서 부활하는 게 낫다. NPC들이야 한세아의 능력으로 되살리면 되는 거고.

'오케이.'

판단은 끝났다. 저 높이 솟아오른 산맥. 이름을 알 수는 없지만, 꼭대기가 눈으로 뒤덮인 저 산맥을 넘어가야 했다.

"저길 넘는다."

"알겠습니다."

한세아는 산을 쳐다봤다. 꼭대기가 구름을 뚫은 것을 보니 엄청나게 높다는 것만 알겠다.

"오빠. 설마 걸어가려는 건 아니지?"

24시간에 저 산맥을 정복할 수도 없다. 걸어서는 절대 안 된다.

"당연하지."

이럴 때 필요한 건 '탈 것' 아니겠는가.

"꼬꼬."

꼬꼬는 하늘을 나는 아주 편안한 능력을 가졌다. 나름 산맥의 제왕 출신이다. 게다가 진화를 거쳐 더욱 강력해졌다.

"이 정도 인원은 태울 수 있지?"

꼬꼬는 순간 눈동자가 흔들렸다.

키엑?

저 인간들. 무섭다.

꼬꼬는 본능적으로 장로들에 대한 두려움을 느꼈다. 이건 본능이었다. 저 인간들. 안 태우고 싶다. 저 인간들을 등에 태운다? 마치 등에 칼이 꽂히는 그런 기분이다.

"왜? 싫어?"

키엑?

주인님. 왜 주먹을 들어 올려요? 이거 내 착각이죠?

공교롭게도 그 순간, 한주혁이 자신의 목덜미를 긁었다. 꼬꼬의 눈에는 그게 한주혁이 주먹을 들어 올리는 것처럼 보였다.

꼬꼬는 몸을 한 차례 부르르 떨었다. 아니, 그래도 저 인간들 전부 태우는 건 힘들 거 같은데. 그렇다고 싫다고 할 수도 없고.

그런데 그때. 베르디가 입을 열었다.

"저 병아리에게 저희는 크나큰 짐이 될 것이어요."

베르디와 꼬꼬의 눈이 마주쳤다. 어지간하면 눈을 먼저 내리깔지 않는 꼬꼬가 눈을 내리깔았다.

몸이 부르르 떨렸다. 비둘기도 아닌 것이 비둘기처럼, 구르륵- 하고 울었다. 제왕 카리아의 모습은 온데간데없고 온순한 닭둘기만 이곳에 있었다. 불타는 닭둘기.

베르디가 손으로 입을 가리고 웃었다.

"무서워 마렴, 아가야."

3충성에게는 아직 마음을 열지 않았지만 꼬꼬에게는 마음을 열었다. 꼬꼬는 그래도 나름 주군의 충실한 펫이 아닌가.

"언니는 주군의 펫을 위협할 생각이 없단다. 펫은 위대한 거야. 주군의 펫이니까."

그 말에 3충성은 심각한 내적 갈등에 빠져야 했다.

'차라리 펫이 되는 것이…… 살아가는 데에 훨씬 유리할 것 같을 것만 같은 느낌적인 느낌이다……!'

어쨌든 베르디가 공손하게 말을 이었다.

"장로들은 제가 비행을 책임지겠사와요. 장로들 때문에 저 아이의 기동력이 많이 약해질 것이어요. 베르디를 비롯한 저희 장로들은 주군의 행보에 방해가 될 수 없답니다."

그러고서 싱긋 웃었다.

"플라이."

장로들은 이러한 것에 익숙한지 당황하지 않았다. 그들의 몸이 전부 떴다. 허공에 몸이 붕 뜬 팬더가 말했다.

"주군. 제가 안내하겠습니다."

한주혁이 고개를 끄덕였다. 한주혁. 천세송. 천세아. 이주랑. 충성충성충성. 루펜달은 꼬꼬의 등에 탔다.

한주혁이 출발명령을 내렸다.

"출발한다."

팬더가 알겠습니다, 라고 대답한 뒤 한주혁이 이번에는 베르디에게 말했다.

"꼬꼬의 이동속도를 감안해야 한다. 베르디. 너무 빠르면 꼬꼬가 쫓아오지 못해. 힘을 너무 쓰지 말고 천천히 이동하는 것을 추천한다."

한세아는 비명을 꾹 참았다. 으으으으으. 눈도 꾹 감았다.

'미쳤어. 이건 미친 거야!'

꼬꼬가 언제 이렇게 빨리 날았던 적이 있던가.

'주, 죽는 거 아니야?'

속도 울렁거렸다. 처음 하늘로 날아오를 때. 목이 뒤로 젖혀졌다. 목뿐만 아니라 몸속의 모든 장기가 뒤로 빨려 나가는 것만 같았다. 롤러코스터와는 비교조차 되지 않았다. 그나마 팬더가 준 로프로 오빠와 몸을 연결해 놔서 뒤로 떨어지지는 않았다.

'죽을 거 같아.'

진짜 죽을 거 같았다. 너무 빨랐다. 너무 무서웠다. 이 속도. 도저히 익숙해질 것 같지가 않았다.

한세아는 겨우 비명을 참았는데, 결국 3충성은 참지 못했다.

"으으으으아아아악!"

사, 사, 사, 살려줘!

인터넷 논객. 자낳괴 3충성은 진심으로 도망치고 싶었다. 그래. 하늘로 미친 듯이 날아오르는 것 정도는 그렇다 칠 수 있겠다. 자신은 위대한 3충성이니까. 인내 속성이 붙은 만큼. 인내하는 능력이 엄청난 자신이니까.

'이, 이, 이건 아니잖아!'

그런데 지금 이건 아니었다.

'떠, 떨어진다! 떨어져! 떨어진다고!'

꼬꼬가 갑자기 하늘에서 멈췄다. 앞을 향해 미친 듯이 쏘아지던 꼬꼬. 신기하게도 그 자리에 멈췄다. 마치 관성의 법칙을 무시한 것처럼.

그런데 꼬꼬는 관성을 무시했는데, 3충성은 무시하지 못했다. 자동차가 급제동을 했을 때처럼 그의 몸이 앞으로 쏠렸다. 쏠린 정도가 아니라 아예 앞으로 날아갔다.

"으아아아아아아아아아아악!"

3충성이 떨어져 내렸다. 자신의 몸이 로프로 연결되어 있다는 사실은 기억도 나지 않았다.

'죽는다. 죽을 거야. 떨어지면 무조건 죽는다!'

이 정도 높이에서 추락해서 죽으면 아플까? 고통찔레꽃보다 아플까? 아이씨. 이 정도면 진짜. 현실에서도 죽는 거 아닐까. 진짜 그런 건 아닐까.

그 순간 한주혁이 로프를 잡아줬다. 3층성은 허공에 데롱데롱 매달렸다. 그의 눈에 눈물이 맺혀 있었다. 눈물이 주룩주룩 흘러나왔다. 냉철한 분석가 3층성은 삶과 죽음의 경계 앞. 고고도의 공중에서 모든 자존심을 내려놓았다.

'사, 살았다……!'

현재 공중에는 꼬꼬. 그리고 10명의 장로가 떠 있는 상태. 한주혁이 앞을 쳐다봤다.

눈보라가 휘몰아치고 있다. 장로들과 자신을 제외하면 몸을 가누기조차 힘들 정도의 강력한 눈보라였다. 한주혁과 장로들에게는 그다지 문제가 되지 않았지만.

한주혁이 씨익 웃었다.

'과연. 쉽게 넘어가지는 못한다는 거지?'

베르디가 말했다.

"주군. 일종의 결계가 쳐져 있답니다. 인위적인 냄새는 나지 않아요."

그 말인즉슨.

"필드 자체에 걸려 있는 마법 결계 같아요. 쉽사리 넘어가지 못하도록 만들어 놓았답니다."

"해제하는 데 걸리는 시간은?"

베르디가 해맑게 웃었다.

"3분 정도 걸릴 것 같아요. 정말 대단한 필드여요. 3분이나 주군의 발걸음을 붙잡는 결계라니."

그러면서 결계 해체작업에 돌입했다. 그사이 3충성의 코 밑에는 고드름이 생겼다. 눈물뿐만이 아니라 콧물까지 흘러나왔는데, 그 콧물이 얼어붙었기 때문이다.

정확히 3분 후. 장로들과 *꼬꼬*가 다시 움직이기 시작했다. 3충성은 모든 것을 내려놓았다.

차라리. 죽는 것이. 편하겠어.

포기하니 편했다. 여긴 어디인가. 나는 누구인가. 내 존재는 무엇인가. 나는 왜 이곳에 존재하는가.

마법결계 필드를 넘어서 한주혁 일행은 엄청난 속도로 산맥을 넘었다. 마법결계 해제하는 시간을 포함하여 걸린 시간은 불과 20여 분에 불과했다. 물론 한세아와 3충성은 그 20분 동안 죽음을 수없이 맛봤지만.

산맥을 넘었다. 끝없이 펼쳐져 있는 광야가 보였다. 커다란 식물은 보이지 않았다.

드문드문 나 있는 잡초들. 돌과 흙 등으로 이루어져 있는, 저 멀리 지평선이 보이는 광야.

3충성과 한세아는 동질감을 느꼈다.

"우웨에에엑!"

3충성의 냉철한 분석력이 빛을 발했다.

'이 정도면 캡슐 속의 진짜 내 몸도 토했을 거 같은데.'

진짜 그럴 거 같다. 이거 아주 많이 안 좋은 상황이다. 캡슐 안에 냄새 배면 엄청 오래 가는데. 제기랄.

"베르디. 여기서부터는 속도를 많이 늦춰서 가는 것이 좋을 것 같다."

"알겠어요."

이제부터는 팬더의 영역이다.

'도대체 뭐지?'

팬더도 이렇게 강력한 기운은 처음 느껴본다.

'어쩌면……'

장로들이 전부 모여 있어도 힘들지도 모르겠다는 생각이 들었다.

지금 느껴지는 강대한 힘. 이 힘은 아직도 멀리 떨어져 있지만, 그럼에도 불구하고 이 정도의 힘을 가진 상대에게 이 정도 거리는 그렇게 먼 거리도 아니다. 이동에만 너무 신경 쓰다가는 오히려 역공을 당할 수도 있다.

속도를 많이 늦췄다.

상대의 정체가 무엇인지 알 수 없을 때에는 너무 서두르는 것보다는 천천히 진군하는 쪽이 낫다.

팬더와 한주혁이 동시에 느꼈다.

'주군께서 말씀하시겠지.'

팬더가 잠시 입을 다문 사이, 한주혁이 입을 열었다.

"모두 생명의 숨결을 섭취한다."

"명을 받듭니다."

장로들은 일사불란하게 움직였다. 한주혁의 명령이 떨어짐과 동시에 1초도 채 되지 않아 모두 생명의 숨결을 섭취했다.

천세송은 이것을 처음 본다.

"이게…… 죽음의 안개예요?"

발밑에서 무언가가 차오르고 있었다. 아주 천천히. 플레이어를 늪에 가두려는 것처럼. 죽음의 안개처럼 보이는 것이 모여들고 있었다.

"글쎄. 팬더. 네 분석은 어떻지?"

팬더는 한주혁 덕분에 얻은 힘이나 다름 없는 '경이로운 성분분석'을 활용하여 성분을 분석했다.

"죽음의 안개와 유사하기는 합니다만 죽음의 안개는 아닙니다. 그렇지만 생명의 숨결이 긍정적으로 작용하는 것은 틀림없습니다."

성분을 제대로 분석하지 못했다. 죽음의 안개는 아니다. 그리고 죽음의 안개보다 더 복잡한 물질이라는 소리다.

"성질적으로는 죽음의 안개와 매우 유사한 성질을 지니나 완전히 다른 새로운 것입니다."

"다행이군."

생명의 숨결을 많이 가지고 있다는 것은 다행한 일이었다.

'메인 시나리오의 일환인가?'

'생명의 숨결'은 '절대악 VS 7개의 성좌' 퀘스트에 거의 필수적으로 필요한 아이템이다. 그런데 이 아이템이 이 새로운 대륙에서도 쓰인다?

'결국 절대악 메인 시나리오와 대군주 시나리오는 이어지는 거지.'

모든 길이 결국 하나로 이어지는 것 같은 느낌. 죽음의 안개와 유사한 이것은, 한주혁 일행의 허리까지 차오른 뒤 더 이상 차오르지는 않았다.

다행히 '생명의 숨결' 덕에 큰 피해는 없었다.

이곳에서 가장 약한 3충성도 체력적으로 힘들어하기는 했으나 H/P에 문제는 없어 보였다.

그런데 그때. 팬더가 표정이 굳었다.

"주군."

"뭔가를 알아냈나?"

"예, 그렇습니다."

팬더의 입에서 생각지도 못했던 말이 튀어나왔다.

"이것은……."

3장
마족 데미안

팬더가 놀라운 분석 결과를 보고했다.

"이것은 자연현상도 아니며 성좌에 의한 인위적인 힘도 아닙니다. 다만, 이것은 지금 느껴지는 강대한 힘을 가진 개체의 단순한 숨결에 불과합니다."

'경이로운 성분분석'을 통해서도 제대로 분석을 하지 못했다. 다만 알 수 있는 것은, 이 죽음의 안개와 비슷한 것이 죽음의 안개는 아니며 성좌의 힘도 아니라는 것. 어떤 원리로 생성되는 것인지는 모르겠으나 그냥 저 개체가 숨 쉴 때마다 늘어나고 있다는 것.

"다시 말해 이 맹독성 물질은 놈이 우리를 공격하려는 의도를 갖고 내뿜는 것이 아니라는 뜻입니다."

"그냥 저절로. 아무 생각 없이 이런 걸 만들어내고 있다? 숨만 쉬는데?"

"제가 느끼기에는 그렇습니다."

장로들의 표정이 굳었다. 제1장로 룩소가 조심스레 입을 열었다.

"저희는 산맥 넘어서부터 저 존재의 기운을 느끼고 이쪽으로 달려왔습니다."

그런데.

"저 존재는 저희를 신경조차 쓰지 않고 있는 것처럼 느껴집니다."

룩소는 조심스레 절대악의 눈치를 살폈다. 평소와는 완전히 반대의 상황이지 않은가. 플레이어든, 몬스터든. 누가 됐든 열심히 옆에서 발광할 때. 절대악은 주변을 그다지 신경 쓰지 않았다.

주변에서 날파리 몇 마리 날아다닌다고 해서 신경 쓸 필요는 없지 않은가. 룩소가 판단하기에, 지금 저 존재에게 있어서 장로들과 절대악은 그렇게 느껴지는 것 같았다. 확실한 건 접근을 해봐야 알겠지만.

'주군께서는 우리의 군주. 대군주시다.'

만약 절대악의 그릇이 아주 작고 못났다면 이런 보고를 올리지도 않았을 거다. 옹졸한 리더는 듣기 싫은 말 듣기를 싫어하니까. 종국에 그 옆에는 간신배만 남게 마련이다. 하지만 주군은 아니었다.

룩소가 본 절대악은 절대 그렇지 않았다. 충신들의 말을 귀 담아들을 줄 아는 소통자였고 왕이었다.

한주혁이 고개를 끄덕였다.

'흠.'

룩소의 말에 일리가 있다. 지금 저쪽은 이곳을 신경 쓰지 않 고 있다.

"이쪽을 신경 쓰지 않고 있는 것은 맞는 것 같다."

룩소의 말이 아주 틀렸다고 보기에는 어려웠다.

"하지만 내가 느끼기에는. 이쪽이 보잘것없어서 신경을 쓰 지 않고 있다기보다는…… 이쪽보다 훨씬 중요한 무언가가 있 어서. 그래서 신경을 쓰지 못하고 있는 것 같은 기분이다."

놈의 위치가 점점 가까워지면서 광역탐지와 심안은 많은 정 보를 전해왔다. 놈이 뿜어대는 기운이 워낙에 강력하여 심안 에 마나의 흐름이 잘 잡혔다.

"놈은 지금 혼란스러워하고 있다."

한주혁이 말을 이었다.

"일단 이것의 정체를 모르니 죽음의 안개로 칭하겠다. 죽음 의 안개가 원래부터 있었나?"

"아닙니다."

그를 통해 한 가지 사실을 유추해 볼 수 있다.

"팬더가 유추하기로 이것은 놈의 숨결이라 한다."

단순히 숨을 쉬는 것만으로도 이 넓은 광야를 뒤덮을 정도의 엄청난 효과를 만들어내는 것이 놀랍기는 하지만. 어쨌든 설정이 그러하다면 그렇다고 이해하고 넘어가는 것이 마음 편했다. 올림푸스 세계에서는 무슨 일이 일어나도 이상하지 않은 세계니까.

"없던 것이 갑자기 생겼다. 그렇다면 저놈도 원래 없다가 갑자기 나타난 것으로 유추해 볼 수 있겠지."

그러면 얘기가 맞아떨어진다.

"새로운 대륙에 나타난 새로운 존재. 놈은 자신이 이곳에 오게 될 줄 몰랐던 설정의 존재일 확률이 높다."

그래서 지금 혼란에 빠져 있는 거고. 흥분한 상태라 엄청난 숨결을 뿜어내고 있는 거고. 그에 따라 이쪽을 제대로 신경 쓰지 못하고 있는 거고.

'그것은 심안과 광역탐지가 내게 전해주는 정보와도 일치하고.'

한주혁이 씨익 웃었다.

'이거. 점점 재미있어지는데.'

공략집이 전혀 없는, 아직 누구도 깨보지 못했던 시나리오를 클리어해 나가는 기분. 24시간 클리어 조건만 없다면, 좀 더 느긋하게 즐기면서 게임을 플레이해도 될 텐데. 그건 좀 아쉬웠다.

한주혁이 말했다.

"결정적으로."

장로들이 한주혁에게 집중했다.

"놈에게서 나와 비슷한 기운이 느껴진다."

절대악이 대군주가 되어 권능을 얻고, 그에 따라 만들어낸 새로운 대륙. 특전으로 인하여 먼저 들어온 이 '?' 대륙에서 느껴지는 강대한 기운이 절대악과 비슷한 기운을 가지고 있다.

'이게 뭘 의미하는 거지?'

어떤 시나리오가 숨겨져 있는 거지.

"이동한다."

데미안은 혼란스러웠다. 이곳은 어디지. 왜 나는 이곳에 있는 거지.

'나는…… 죽지 않은 것인가?'

어쨌든 살아 있는 것은 틀림없었다. 그는 몸을 둘러봤다. 검은색 몸체. 발록과 비슷한 형태. 검은색 비늘에 둘러싸인 데미안의 몸 크기는 약 70미터에 이르렀다.

'날개도 멀쩡하고.'

이해할 수 없었다. 방금까지만 해도 악마의 상징. 날개의 뼈가 모두 으스러져 있었다.

'온몸이 정상이다.'

혼란스러웠다.

'발톱도 새로 돋아났다.'

길이 약 70㎝에 달하는 날카로운 발톱. 이 세상에 존재하는 그 어떤 금속보다도 단단하고 날카로운 그의 발톱이 원래대로 돋아나 있었다.

'내 발톱은 분명 카르티안에 의해 부러졌는데.'

숨을 쉬어봤다. 숨쉬기가 굉장히 편했다. 갑자기 눈을 뜨게 된 이곳은 고향보다도 훨씬 더 쾌적한 환경을 자랑했다.

'숨을 쉬는 것만으로도 힘이 차오른다.'

세상에 이런 곳이 존재했단 말인가. 진작 알았다면 이곳으로 군사를 움직여 점령했었을 텐데.

'부질없는 생각이다.'

이미 그는 패배했다. 서열전쟁에서 패배했다. 서열전쟁에서 패배한 이는 죽는다. 그것은 당연한 율법이었다. 그 역시 죽는 것에 미련을 두지 않았다. 다만, 조금 화가 나는 것은 카르티안 그놈은 서열전에 비겁한 수를 썼다는 거다. 잠시 휴전을 제안한 상태에서 기습했다.

'마력 소모가 심하군.'

본체의 모습을 하고 있으면 마력 소모가 매우 크다. 그의 모습이 변했다. 크기가 점점 줄어들었다. 검은색 몸체가 점점 줄어드는가 싶더니 이내 인간의 형태로 변했다.

"이것은…… 내게 준 새로운 기회인가."

인간의 형태. 신체 자체의 능력은 미약하나 마력을 컨트롤하기 매우 유리하며 유사시에 본체로 돌아가기 가장 유리한 구조를 가지고 있다. 마력 소모도 굉장히 적은 편이다.

데미안은 주위를 둘러봤다.

"나도 모르는 사이 마기를 뿜어냈군."

주위가 온통 마기로 가득 차 있었다. 자신의 숨결과 이곳의 특수한 마나가 반응한 것 같았다.

"어쨌든 좋아."

꼼짝없이 죽었다고 생각했었는데 갑자기 살아났다. 카르티안의 발톱에 심장이 꿰뚫렸었는데. 그 이후 유린당했었는데. 멀쩡한 상태로 이곳에 다시 태어났다. 여기가 어디인지는 중요하지 않았다.

그도 차츰차츰 안정을 되찾았다. 자신은 서열전에서 패배했고 새로운 세계에서 새로 태어났다. 원래의 힘을 가지고서.

"돌아갈 방법은 차차 찾으면 되겠지."

정신을 차리고서 그는 두 가지 원대한 꿈을 세웠다. 하나는 원래의 세계로 돌아가 카르티안을 없애는 것. 그리고 또 하나는 마족들을 이곳으로 이주시켜 정착시키는 것. 종국에는 이 새로운 세계의 제왕이 되는 것.

그래서 물었다.

"여기는 어디지? 너희는 내게 답을 줄 수 있나?"

데미안의 눈에 보인 것은 인간들이었다.

한세아는 눈을 크게 떴다.

'뭐야. 저 남자.'

그야말로 대박이었다.

'대박 섹시해.'

단순히 잘생겼다, 멋있다 느낌이 아니었다. 그 잘났다는 연예인들을 통틀어도 저 남자와 같은 아우라를 뿜어내는 사람은 없었다.

저도 모르게 감탄했다.

"와. 진짜 잘생겼다."

비현실적인 외모다. 검은색 머리카락에 검은색 눈동자. 한세아도 매일매일 지겹게 보는 머리카락과 눈동자다. 그녀는 한국인이고 한국인 대다수가 검은색 머리카락에 검은색 눈동자를 가졌으니까. 그런데 그 검은색마저도 일반적인 검은색이라고 보기 힘들었다.

'미쳤어. 저게 사람 얼굴이야?'

저 머리 색깔과 눈동자 색깔마저도 섹시하다는 표현이 잘 어울릴 정도였다. 심지어 목소리까지도.

그에 반해 천세송은 별다른 감흥을 느끼지 못했다.

'엄청 잘생겼네.'

그건 알겠다. 그녀도 눈이 있다. 콩깍지가 씌워져 있어도 잘생긴 것과 잘생기지 않은 것을 구별할 수는 있다. 그런데 그래봤자.

'공기가 잘생겨서 뭐해?'

주혁 오빠를 제외한 다른 남자 성을 가진 생물체들은 그냥 공기 같은 거다. 아니면 주변에 널려 있는 나무나 돌 같은 거. 공기. 나무. 돌이 잘생겨서 어따 쓰겠는가. 공기는 눈에 보이지도 않을뿐더러 나무가 잘생겨봤자 어차피 나무다. 돌이 잘생겨봤자 어차피 돌이다.

천세송은 싱긋 웃었다.

'세아 언니는 난리났네.'

어릴 적부터 함께 자랐다. 세아의 취향을 너무나 잘 안다. 저 남자는 세아 언니의 취향을 완벽하게 저격하는, 비현실적인 외모를 가지고 있다.

'목소리도 중저음이고. 세아 언니가 엄청 좋아하는 스타일이네.'

그래봤자 공기지만. 천세송은 한주혁을 쳐다봤다. 그녀의 눈에는 한주혁밖에 안 보였다.

'역시 남자는 이렇게 생겨야지.'

한주혁이 물었다.

"너는 누구지?"

검은색 머리카락을 가진 남자. 묘한 아우라를 뿜어내는 남자. 데미안의 이름을 가진 그 남자가 다시 말했다.

"내가 먼저 물었다. 여기는 어디지?"

한주혁은 잠시 생각에 빠졌다.

'이 퀘스트. 뭔가 있기는 있는데.'

지성이 있다. 생김새가 사람과 매우 흡사하다. 그러나 심안에 느껴지는 놈의 진짜 모습은 사람이 아니다. 사람은 아닌데 사람의 모습을 하고 있다. 강대한 힘을 가지고 있는, 처음 보는 존재.

'그런데 마냥 싸우는 퀘스트는 아닌 거 같고.'

솔직히 놈과 일대일로 싸운다면 어떻게 될지 모르겠다. 어쩌면 이번에는 정말 질 수도 있겠다는 생각이 들 정도.

"이곳은 이름이 없는 대륙이다. 내가 방금 새로이 만들어낸 대륙이거든."

"네가 이 대륙을 창조했다는 뜻인가?"

"그렇다."

"믿을 수 없는 이야기군. 그러나 거짓도 느껴지지 않는다. 묻겠다. 너는 인간인가?"

"내 질문에는 대답하지 않았어."

데미안은 한주혁을 쳐다봤다. 데미안과 한주혁은 서로를 한참이나 쳐다봤다. 데미안은 속으로 감탄했다.

'내 눈을 피하지 않는다라.'

인간이 분명했다. 그런데 일반적인 인간은 절대 아니었다. 대륙을 창조했다는 저 말도 거짓이 아닌 것 같다. 게다가 자신의 눈빛을 똑바로 받아내고 있다. 그 어떠한 다격도 받지 않는 것 같다. 연약한 인간이 말이다.

"내 이름은 데미안. 마족이다. 서열전에서 패배하여 죽음을 기다리고 있던 중. 눈을 떠보니 이곳이었다."

한주혁은 순간 인상을 찡그렸다.

'서열전에서 패배? 마족?'

마족이 있고 그 종족이 서열전을 벌인다는 얘기 같다.

'그렇다면 저놈보다 더 강한 놈이 또 있다고?'

올림푸스 세계에 숨겨진 것이 얼마나 많은 건지 모르겠다.

"보아하니 네가 내게 새 생명을 준 건 아닌 것 같군. 이 세계를 창조했다 주장하는 인간이여. 진정 묻고 싶은 것이 있다."

"뭐지?"

데미안이 말을 이었다. 이번에 그의 눈빛은 한세아를 향하고 있었다.

"이 세계를 창조했다 주장하는 인간이여. 진정 묻고 싶은 것이 있다."

그의 몸에서 검은색 기운이 흘러나왔다. 마치 풀카오의 마기가 흘러나올 때의 절대악 같았다. 그와 모습이 흡사했다.

"어째서."

광야 전체가 부르르 떨기 시작했다.

"저런 역겨운 냄새가 나는 것과 함께 있는 거지?"

데미안과의 만남이 새로운 국면에 접어들었다.

"이 질문은"

데미안의 몸이 사라졌다.

"무력으로 듣겠다."

무언가, 메인 시나리오 퀘스트의 전환점이 될 만한 새로운 것이 시작되었다.

다만 무작정 공격을 시작하지는 않았다.

'이상하군.'

저 조합은 좀 이상한 조합이었다. 눈앞의 이 인간. 인간이라고 보기에는 너무나 강력한 인간. 이 인간에게서는 굉장히 친숙한 느낌이 났다. 친숙하다 못해 굉장히 호의적인 기운이다. 힘의 강함과 약함을 떠나서 친구로 지내자고 한다면 충분히 친구로 지낼 수 있을 만큼 괜찮은 냄새를 풍기고 있었다.

'저 여자 역시 마찬가지.'

마족들 중에서도 저렇게 아름다운 여자는 별로 본 적이 없다.

'여자 미치광이 트렘핀이었다면 환장을 했겠지.'

예쁜 여자 마족이라면 사족을 못 쓰는 그의 친구. 미치광이 트렘핀이었다면 벌써 눈 까뒤집고 달려들었을 거다. 저 여자의 환심을 사기 위해 그 무슨 짓이라도 할 테지.

'어쨌든 저 여자 역시 좋은 향기를 가지고 있다.'

인간이 맡는 향기와는 약간 다른 향기. 절대악의 권속이라 할 수 있는 앱솔루트 네크로맨서에게서 풍겨져 나오는 특유의 마나 느낌. 데미안은 그것을 향기로 받아들였다.

'저놈들도 아주 괜찮은 놈들이야.'

분명 인간들이 틀림없는데. 상급 마족에 버금가는 힘을 가지고 있다.

그 역시 인간을 직접 만나는 것은 처음이다. 지식으로만 알고 있었을 뿐. 책에 기록되어 있는 인간은 손가락 하나로도 눌러 죽일 수 있는, 지성을 갖고 있지만 마계의 벌레만도 못한 힘을 가지고 있는 종족으로 묘사되었었는데. 놀라운 일이었다.

게다가 놈들이 호의적인 힘까지 품고 있을 줄이야.

'하지만 저놈과 저년은.'

기운의 더러움만 따지면 저놈이 더 더럽다. 그러나 저년에 비해서는 그 더러움의 크기가 작다. 그가 '저놈'으로 느낀 사람은 루펜달. '저년'으로 느낀 사람은 한세아다. 느낌 자체는 루펜달이 더 더러운데, 한세아가 루펜달보다 훨씬 강력해서 그렇게 느꼈다.

"일단은. 내가 결투를 신청하는 모양새가 되겠지."

마족들은 결투를 신성시한다. 그의 입에서 이상한 목소리가 흘러나왔다.

"나의 날카로운 손톱과 강인한 힘이 네 몸을 찢으리라."

시스템 이펙트가 들어간 것처럼, 웅웅거리는 목소리.

-마족의 NVP가 시작됩니다.

-마족의 NVP는 특별한 방식으로 치러지게 됩니다.

"이곳에서 가장 낮은 자가 누구냐?"

-마족의 NVP는 도전을 하는 자와 도전을 받는 자로 구분됩니다.
-마족의 NVP는 도전을 받는 자에게 유리하게 진행됩니다.

한주혁의 머릿속에 '마족의 NVP'에 관한 개념이 전달되었다.
마족들은 서열전이라는 것을 하여 서로의 힘을 확인한단다.

시스템이 전해준 정보에는 마족에 관한 간략한 설명도 있었다.

'전투 종족?'

저놈이 마족인 건 맞다. 그런데 그 마족이란 족속이 전투 종족이란다. 전투를 숭상하고 무력을 최고의 가치로 치는 종족.

'아이템이나 그 어떤 것의 도움도 받지 않고 순수 육체 능력으로 싸우는 근접 전투 종족이라.'

아이템 등의 다른 도구를 사용하는 것을 수치스럽게 생각한다나 뭐라나.

'도전을 하는 자는……. 도전을 받는 자의 모든 권속들을 차례대로 물리쳐야만 최후의 도전 자격이 생긴다라.'

도전을 받는 자가 유리한 형태다. 도전을 하는 자는 혼자서 모든 이들을 상대해야 하는 거니까.

"한 명, 한 명 상대하기 귀찮으니 한꺼번에 전부 덤벼도 좋다."

데미안이 씨익 웃었다.

"죽이지는 않겠다. 나. 데미안은 너희들의 기개가 제법 마음에 든다."

마족들 가운데에서도 군주를 향한 이 정도의 충성심과 기개를 드러내는 이들은 별로 없다. 느껴지는 마나의 기운도 아주 좋다. 죽이기에는 아까운 놈들이다.

"다만 너희 둘은 죽음을 면치 못할 것이다."

"원래 마족이란 새끼들은 이렇게 쓸데없는 말이 많냐?"

한주혁이 입을 염과 동시에 천세송도 말했다.

"일어나라. 죽음의 꽃순이여!"

불꽃 속성 공격으로만 공격이 가능한 이프리트가 모습을 드러냈다.

"일어나라. 죽음의 군단이여!"

온갖 몬스터들이 모습을 드러냈다. 그 숫자가 물경 3만에 이르렀다. 홀로 대군을 상대할 수 있는 네크로맨서. 그중에서도 거의 최강이라 불리는 앱솔루트 네크로맨서다. 군사의 기세가 어마어마했다. 몬스터의 강을 보는 것 같았다.

'그래. 뭐. 싸워보면 알겠지.'

다행인 것은 놈이 마 속성이라는 것.

"주군. 저희가 앞에 서겠습니다."

룩소는 직감했다. 저놈은 자신보다 강하다. 어쩌면 장로들의 힘을 전부 합친 것보다 강할 수도 있다. 이것은 말 그대로 그냥 감이었다.

'에르페스 제국의 그 어떤 놈들보다도 강력한 힘을 가진 것 같은데.'

내로라하는 제국의 NPC보다도 강한 힘을 가진 것 같다. 부딪쳐보지 않아도 알 수 있었다.

'우릴 죽이려는 것 같지는 않은데.'

그러나 문제는 주군의 가족을 죽이려고 한다는 것. 루펜달이야 그렇다 치더라도. 주군의 가족인 7번 성좌를 죽게 놔둘 수는 없는 것 아닌가. 신하로서 용납할 수 없었다.

한주혁이 스킬명을 말했다.

"악의 독려."

장로들은 준비했다. 우리들의 힘이 비록 미약할지라도 주군의 독려가 있다면. 우리는 새로 태어날 수 있다. 그들은 전부 그렇게 생각했다.

-스킬. 악의 독려를 사용합니다.

동시에 장로들의 기세가 달라졌다. 재미있는 건, 앱솔루트 네크로맨서에게도 악의 독려가 적용되고 그에 따라 그 많은 언데드들에게도 이 능력이 적용된다는 것.

데미안이 눈을 가늘게 떴다.

"호오."

그의 하얀 팔이 검은색으로 물들었다. 팔을 허공에 한 번 휘둘렀다. 검은색 기운이 하늘로 쏘아졌다가 여러 갈래로 찢어졌다. 그 기운들은 이내 장대비처럼 쏟아져 내렸다.

천세송은 그것에 미처 대응하지 못했다.

"어……?"

너무 순식간에 벌어진 일. 그녀의 언데드 군단 대부분이 그 한 번의 손짓에 의해 궤멸됐다.

그나마 이프리트는 살아남았다.

"으악! 뜨거워! 뜨겁다고! 씨팔!"

불의 사제인 이프리트가 뜨겁다며 빙글빙글 돌며 뛰어다녔다. 한주혁도, 장로들도 느꼈다.

'강하다.'

한주혁은 처음으로 약간의 아득함을 느꼈다. 여태까지의 전투에서는 '쟤가 한 대치면 죽을까, 죽지 않을까?'를 고민했다면 '얘를 내가 이길 수 있을까, 없을까?'를 고민했다.

그런데 알림이 들려왔다.

-특정 조건이 만족되었습니다.
-마족의 NVP가 일시 정지되었습니다.

데미안이 입을 열었다.

"인간. 이름이 무엇이냐?"

이름은 한주혁. 플레이어로서의 이름은 아서다.

"아서. 네가 본격적으로 무예를 익힌 것이 얼마나 되었지?"

장로들과 달리 루펜달은 그다지 긴장하지 않았다. 뭐? 저놈 세? 그딴 거 알 게 뭐야. 그냥 싸우다 뒤지면 그만이지.

"형느님께서는 이 세상에 모습을 드러내신 지 1년이 채 되지 않았다! 이 조잡하고 잡스러운 놈아! 네놈의 그 잘난 궁댕이에 강력한 막대기를 꽂아주실 것이다!"

루펜달은 찔끔 놀랐다.

-진실의 눈이 진실을 파악합니다.

라는 알림과 동시에, 데미안의 머리 위에 커다란 눈알 하나가 생겼다. 검붉은 피가 뚝뚝 흘러내리는 커다란 눈알. 굉장히 혐오스럽게 생긴 눈알이었다.

한세아는 인상을 찡그렸다.

'우웩. 시스템 이펙트가 뭐 저따위야?'

얼굴이 굉장히 잘생긴 건 알겠는데. 딱 거기까지였다. 처음에 외모로 인해 느꼈던 호감은 사라진 지 오래.

그런데 데미안이 생각지도 못한 말을 꺼냈다.

"발전 속도가 상상을 초월하는군."

"……."

한주혁은 잠시 상황을 지켜보기로 했다. 시스템이 원하는 것이 이놈과의 전투였다면 이미 이루어지고도 남았다. 그런데 마냥 그런 것만은 아닌 듯했다.

'대륙의 이름을 짓는 퀘스트와도 연관이 있나.'

모르겠다. 모르겠어서 재미있다. 데미안의 목소리가 들려왔다.

"지금 단도직입적으로 말하겠다."

그의 몸이 사라졌다. 한주혁의 몸이 움찔 떨렸다. 그와 동시에 룩소가 외쳤다.

"주군!"

살수 NPC답게. 키르텔의 움직임이 가장 빨랐다. 그가 움직였다. 지금 주군의 목에 손을 대고 있는 데미안을 향해.

한주혁조차도 찔끔 놀랐다.

'내가 움직임을 완전히 놓쳤어?'

놓친 정도가 아니라 아예 보지도 못했다. 너무 빨랐다. 목에서 서늘한 감각이 느껴졌다. 손톱이 닿아 있는데, 저 손톱이 자신을 찌르면 어떻게 될지 장담할 수 없다고 느꼈다.

"부하의 움직임이 좋군."

데미안은 왼손으로 자신을 향해 달려든, 반응 속도가 가장 빨랐던 키르텔을 쳐냈다. 데미안의 손이 키르텔의 배에 가볍게 닿았다. 키르텔은 10여 미터를 날아가서 땅바닥에 처박혔다.

"상당히 특별한 힘들까지 몸에 두르고 있고."

그는 느꼈다. 이 힘의 실체가 세계 12대 초인의 아이템으로부터 나온다는 것까지는 몰랐지만 하나는 분명했다.

"마 속성 능력에 저항하는 힘이 엄청나."

그렇지만.

"하지만 내가 너를 죽이고자 마음먹었다면 진작 죽일 수 있었을 것이다."

진심이었다. 이 인간의 강함은 놀랍지만, 그렇다고는 해도 자신을 능가할 수준은 아니었으니까. 진심으로 싸우면 쉽게 죽일 수 있을 거라 자신했다.

"그건 방금의 움직임으로 이미 느꼈을 것이다. 찌르려고 했다면 찔렀다."

데미안은 피식 웃고서 손을 내렸다. 그의 오른손이 검은색으로 물들었다. 검게 물든 오른손이 자신의 배를 쓰다듬었다.

"다만 나도 조금 다치긴 했겠군."

한주혁이 순간적으로 발현한 백참격이 그의 배에 닿은 거다. 한주혁이 어깨를 으쓱했다.

"나도 아직 전력을 다하지 않았어."

그 말은 사실이다. 여차하면 일단 죽은 뒤 한세아를 통해 부활하고 다시 싸우는 방법도 있다. 더욱 강력한 힘을 가지게 되니까. 그것은 일단 마지막 패로 남겨두고 있다.

한주혁에게도 알림이 들려왔다.

-진실의 눈이 진실을 파악합니다.

검붉은 피가 뚝뚝 떨어져 내리는 눈동자가 또 허공에 떠올랐다.

-불꽃의 진 파천악심공이 외부의 기운에 저항합니다.
-말카노의 귀걸이가 악의 기운에 저항합니다.

순간, 데미안의 머리 위에 떠 있던 눈동자가 푹! 소리를 내며 터져나갔다. 끈적끈적한 액체가 비산했다.

데미안이 고개를 끄덕였다.

'진실의 눈에 저항해?'

확실했다. 놈은 일반적인 놈은 아니었다. 자신의 눈은 틀리지 않았다.

'숨겨진 패가 있기는 있는 모양이야.'

그는 이미 패배를 한 번 경험했다. 카르티안에게. 상대에게 숨겨진 한 수가 있고, 그것이 자신의 심장을 찌를 수 있다는 것을 이미 경험으로 알고 있다.

'정말 대단한 놈이군.'

세상에 모습을 드러낸 지. 무예를 익힌 지 겨우 1년인데. 이 정도로 성장했단 말인가?

'성장가능성이…… 무궁무진하다.'

아직은 조금 약할지라도. 그건 중요하지 않았다. 그도 처음부터 강했던 건 아니었다.

'저 인간이라면 희망을 걸어볼 만해.'

저 더러운 냄새나는 인간들(루펜달과 한세아)과 함께 있는 것이 짜증 나기는 하지만 일단은 넘어가기로 했다.

"어쨌든 내가 진심을 다했다면 너희는 전원 몰살. 인간이여. 그것을 인정해라. 나는 지금 네게 제안을 하려는 것이다."

한주혁이 피식 웃었다.

"제안?"

단순히 치고받는 것을 넘어서서 무언가 더 큰 그림이 그려지는 느낌. 메인 시나리오가 더욱 확장되는 느낌. 그리고 그 시나리오의 중심에 있는 느낌이다.

"나와 거래를 하지 않겠는가?"

그와 동시에 알림이 들려왔다.

-'데미안의 강력한 염원' 퀘스트가 활성화되었습니다.

NVP라 했다. NVP라 함은 곧, 데미안이 NPC로 인정이 된다는 뜻이다. NPC라면 퀘스트를 내릴 수 있고.

한주혁은 퀘스트창을 열어봤다. 자세한 내막을 알 수 있었다. 퀘스트 설명이 꽤나 거창했다.

<데미안의 강력한 염원>

데미안은 매우 강력한 상급 마족입니다. 그는 마계서열 192위의 마족 루블테아의 첫째 아들로서, 막강한 신체 능력을 바탕으로 서열 2위의 자리에 올랐습니다. 모든 마족들이 그가 얼마 지나지 않아 서열 1위가 될 것임을 의심하지 않았습니다. 서열 2위의 데미안은 서열 1위의 카르티안에게 서열전을 신청하였습니다. 이 서열전에서 데미안은 카르티안에게 패배하였습니다. 데미안은 이 승부에 승복할 수 없습니다. 그 전투는 정정당당하지 못했기 때문입니다. 이에 데미안은 강력한 염원을 가지게 되었습니다. 언젠가 마계로 되돌아가 카르티안의 심장을 씹어먹겠다는 염원입니다.

+상세설명

한주혁은 알 수 있었다.

'복수를 원하는 거네. 공교롭게도 지금 이 시기에.'

시기가 참 공교롭지 않은가. 하필이면 이 시기에. 새로운 대륙이 개척되었고, 마 속성과 대단히 깊은 관련이 있는 절대악이 이곳에 왔을 때. 하필이면 이때 마계 서열 2위가 1위에게 패배했다. 하필이면 비정상적인 방법, 납득할 수 없는 방법으로.

그리고 그 2위가 이곳에서 절대악과 만났다. 절대악과 싸우려고 했고, 절대악의 특이한 힘을 발견했다. 악의 독려라는. 진실의 눈을 통해 절대악의 성장 속도와 가능성까지 봤다.

'메인 시나리오의 일부.'

절대악 VS 7개의 성좌 시나리오와 이어지는, 그보다 더욱 확장되어 진행되는 형태의 메인 시나리오.

데미안이 입을 열었다.

"나는 복수를 원한다. 너와 거래를 하고 싶군."

한주혁이 씨익 웃었다.

"이 새끼. 말버릇이 그게 뭐냐? 맞고 싶냐?"

장로들도, 천세송도, 한세아도, 이주랑과 3충성도. 전부 놀랐다. 심지어 하늘에 떠있던 꼬꼬까지 놀랐다.

단 한 명만이 놀라지 않았다. 그 한 명은 이 상황이 당연한 듯했다. 바로 루펜달이었다.

"형렐루야! 형멘! 형님의 이름 앞에 만민이 평등하니, 이 좆밥 새끼야! 말버릇을 고치지 못하겠느냐!"

한주혁이 한술 더 떴다.

"다시 한번 말해봐라. 데미안."

그와 동시에 놀라운 일이 벌어졌다.

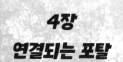

4장
연결되는 포탈

몇 초 전.

한주혁은 데미안이 준 퀘스트. '데미안의 강력한 염원'에 관한 상세설명을 활성화시켰었다.

얼마나 중요한 시나리오인 것인지는 몰라도, 상당히 자세한 설명이 추가되어 있었다.

<상세설명>

데미안은 복수를 원하고 있습니다. 데미안은 자신을 더욱 강력하게 만들어줄 원군을 필요로 합니다. 정정당당함을 잃은 마족에게 내려져야 할 것은 서열 1위의 영광이 아니라 영원한 죽음입니다. 퀘스트 성립 시, 일시적인 서열 관계가 정립됩니다.

퀘스트 목표: 마계 서열 1위 카르티안의 심장 획득.

퀘스트 효과:

　1) 일시적 서열 관계 성립.(데미안이 계약상 하위 계약자의 위치)

　2) 퀘스트 실패 시 매우 높은 확률로 델리트.

퀘스트 레벨 제한: 200 이상

　한주혁은 상세설명을 통해 정확하게 이해할 수 있었다. 지금 데미안은 요청하고 있는 거다. 데미안 자신을 도와 카르티안을 이길 수 있도록 도와달라고.

　그 힘에는 아마 '악의 독려'가 결정적인 역할을 하고 있는 거다.

　'레벨 제한이 200이라.'

　레벨 제한 200 퀘스트는 한주혁도 처음 본다. 아니, 애초에 인류 역사상 그 누구도 레벨 200 제한 퀘스트는 본 적도 없을 거다. 한주혁이 스페셜 지역 '라이나'를 벗어난 그 시점에서 공식적 세계랭킹 1위가 겨우 레벨 90대였다. 그러한 상황에서 레벨 제한이 200이라니. 말 그대로 최소 입장 레벨. 최소 요건이 바로 레벨 200이라는 거다.

　'뭐가 엄청나게 생기는군.'

　레벨 제한이 200. 통상적으로 최소 요건이 레벨 10이면 12 정도는 되어야 무난하게 클리어할 수 있다.

　정확한 법칙은 아니지만 최소 요건의 +20퍼센트 정도가 무난한 클리어 조건이다. 그러한 상황에서 레벨 200 제한이라면, 무난하게 클리어하려면 레벨 240은 되어야 한다는 소리다.

'어쨌든 중요한 건.'

지금 당장 중요한 건 이 조건이다.

퀘스트 효과:

　1) 일시적 서열 관계 성립.(데미안이 계약상 하위 계약자의 위치)

일시적으로 서열 관계가 정립된다. 보아하니 마족이란 놈들은 서열을 굉장히 중요시하는 것 같다. 쉽게 말해 이 퀘스트를 진행하는 동안에 한해서는, 데미안보다 한주혁 자신의 서열이 더 높다는 것.

'서열을 중요시하는 것만큼이나.'

그에 걸맞은 태도를 취해야겠지. 그것이 마족을 다루는 방법일 터.

"다시 한번 말해봐라. 데미안."

"……."

데미안은 한주혁을 물끄러미 쳐다봤다. 루펜달을 제외한 모두가 긴장했다. 장로들 역시 언제라도 공격할 준비를 끝냈다.

여차하면 자신들의 목숨을 버려서라도 주군의 목숨을 지켜야 했으니까. 저 정도 힘을 가진 놈은 단순 죽음이 아니라 델

연결되는 포탈 91

리트를 시킬 수도 있으니까.

데미안의 목소리가 변했다. 아까 NVP전을 신청할 때처럼. 동굴에서 웅웅- 울리는 듯한 목소리가 들려왔다.

"계약상 상위 존재로 인식합니다. 마족 데미안은 일시적으로 플레이어 아서를 상위 계약 대상으로 인정하며 이 계약은 제 복수가 끝나거나 실패했을 때 종료되는 것으로 합니다. 상위 계약자여."

데미안의 몸에서 검붉은 기운이 빠져나왔다. 그것은 그의 몸에서 소용돌이치는 듯하다가 한주혁의 몸을 뒤덮었다. 한주혁의 몸에서도 마찬가지로 소용돌이치다가.

팟!

아주 잠깐 스파크를 내었다가 사라졌다.

-퀘스트를 받아들였습니다.
-계약이 완료되었습니다.
-레벨이 낮아 퀘스트를 진행할 수 없습니다.

데미안이 말했다.

"상위 주체 아서여. 솔직히 말하겠습니다."

말투가 많이 바뀌었다. 고압적인 자세도 사라졌다. 마치 동등한 상대를 대하는 듯한, 더 나아가 올곧지만 공손하기까지 한 태도로 말했다.

"그대는 아직 약합니다."

성장가능성이 무궁무진한 것은 틀림없다. 어쩌면 이대로 시간이 흐른다면, 저놈이 자신보다 강해질 수도 있다. 그만큼 놈의 발전 속도는 불가사의하다.

"그러나 그대의 잠재적인 힘은 상상을 초월합니다. 제가 돕겠습니다."

그 말은 곧, 레벨 200이 될 때까지는 이 계약이 유지된다는 뜻이다.

한주혁이 어깨를 으쓱했다. 그리고 잠시 눈을 감았다. 무엇인가를 깊게 생각하는 것처럼.

'음.'

얘를 어떻게 구워삶지?

'일시적 계약이라.'

좋기는 좋다. 놈에게는 목표가 있고 이 목표를 이룰 때까지는 자신에게 굉장히 협조적으로 행동할 거다. 장로들과 일행이 찔끔 놀란 것과는 별개로, 지금 놈의 태도는 공손하기까지 했다.

'근데 내 동생한테 역겹다고 했냐?'

겉으로는 안 그래 보여도, 한주혁도 동생을 많이 아낀다. 동생이 자신에게 어떻게 했던가. 돈 없던 백수 시절. 오빠 어디가서 기죽지 말라고 그 얼마 안 되는 월급에서 5만 원씩 빼서 지갑에 몰래 꽂아주던 동생 아닌가.

'이 새끼.'

뒤통수를 좀 쳐야지. 말투는 좀 맞춰주고.

"인정하겠다. 너는 나보다 강하다. 계약 하위 주체여."

"……"

데미안은 흥미롭다는 듯 한주혁을 쳐다봤다. 자신의 약함을 인정한다? 마족 사이에서는 있을 수 없는 일이다. 인간들은 자신의 약함을 인정하는 것이 그렇게 어렵지 않은 일인가.

'그런데 비굴함이 느껴지지 않는다.'

자신의 무궁무진한 발전 가능성을, 스스로도 알고 있기 때문인가?

'재미있군.'

무슨 말이 오게 될지. 전혀 모르고 있는 데미안은 재미있다고만 생각했다.

"그대는 긍지 높은, 전투민족 마족이다. 내 말이 맞나?"

"그렇습니다. 우리는 전투를 위해 태어난 종족이며 전투를 통해 삶의 의미를 찾는 종족입니다."

한세아는 순간 한주혁의 표정을 읽었다. 이제는 보인다. 저 표정.

'어……? 우리 오빠.'

뭔가 사악한 짓을 꾸밀 때의 표정인데. 틀림없는데. 저거 지금 순수한 의도로 말을 하는 게 아니다.

진실의 눈이 무력화된 지금. 아무리 마족이 대단해도 오빠의 저 미세한 표정을 읽을 수는 없다.

'이건 세송이도 못 읽는 표정인데.'

저 표정은 오빠랑 20년이나 같이 산 자신만 읽을 수 있다고 확신했다.

'무슨 짓을 꾸미려고 저 사악한 얼굴이 드러나 있지?'

요즘은 저 오빠가 내 오빠라서 다행이라고 생각하고 있는 중이다. 아무래도 뭔가 빅픽쳐를 그리고 있는 모양이다.

"인간은 그렇지 않다. 전투를 최우선으로 치는 종족이 아니다. 전투력으로는 너희 마족을 능가할 수 없겠지."

"……."

"그러나 그것이 부끄러운 일은 아니다. 전투민족이 아닌 종족이, 전투민족보다 강하다면 그것이 더 이상한 일 아닌가? 나는 그것을 부끄럽게 생각하지 않는다."

데미안은 고개를 끄덕였다. 마족은 최강의 종족이다. 그 누구도 마족을 능가할 수는 없다.

그는 마족에 대한 자부심이 있었고, 마족이 아닌 다른 종족이 마족보다 약하다는 것을 이상하게 생각하지 않았다.

"인간은 전투가 아닌 신뢰와 믿음에 가장 큰 가치를 두는 종족이다. 너희 마족은 믿기 어렵겠지만."

한세아는 표정 관리에 힘썼다.

'아니잖아. 오빠.'

인간이 정말 그런 종족이라고? 진심? 에이. 내가 오빠를 아

연결되는 포탈 95

는데…… 라고 생각하는 그 시점에 한세아보다 더욱 표정 관리에 힘쓰는 사람이 있었으니 바로 루펜달이었다.

'형렐루야 형멘, 형렐루야, 형멘, 형렐루야, 형멘.'

생각하고 또 생각했다.

'침착하자. 형멘. 침착하자. 형멘. 침착하자. 형멘. 동해물과 백두산이 마르고 닳도록 형멘이다.'

뭔지는 몰라도 지금 어떤 위대한 사기적인 일을 벌이시려는 것 같은데 자기가 초를 칠 수는 없지 않은가.

무한한 신앙심으로 똘똘 뭉친 루펜달이지만 신앙심을 발휘할 때와 발휘하지 않을 때를 귀신같이 알아차렸다.

'이럴 때는 닥치고 있는 것이 형님께 이롭다!'

한편, 데미안이 더욱 흥미롭다는 표정을 지었다.

"신뢰와 믿음이라. 강력한 서열 관계없이 그것이 정립됩니까?"

그는 인간에 대해 모른다. 오히려 시스템 정보를 통해 정보를 획득한 한주혁이 마족에 대해서 훨씬 잘 아는 축에 속한다.

"인간은 그렇다. 계약 하위 주체여. 그대가 나보다 강하지만, 나는 신뢰관계를 바탕으로 그대와 계약을 하겠다고 결심하지 않았는가. 마족들의 상식에서 이것이 가능한 것인가?"

"……."

데미안은 한주혁의 말에 조금씩 넘어가기 시작했다. 맞기는 맞는 말이었다. 마족은 힘에 따라 그 서열이 결정된다. 지금의 이 계약은 이상한 계약이었다. 더 강한 자가 더 약한 자의 밑으로 들어가는 이상한 계약. 원래 마족의 계약은 이렇지 않다.

데미안은 이렇게 생각했다.

'인간은…… 확실히 특이한 종족이군.'

한주혁은 이렇게 생각했다.

'이거 진짜 단순한 새끼네.'

한주혁은 그다지 어렵지 않음을 느꼈다. 힘은 놈이 더 셀지 몰라도, 머리는 이쪽이 좀 더 좋은 거 같다.

"그러나 우리는 만난 지 얼마 되지 않았고 우리의 신뢰관계는 언제든 무너질 수 있는 위태로운 것이라는 것을 안다. 그대는 강자의 입장이니. 약자의 입장을 좀 더 배려할 필요가 있겠지."

마족은 그렇다. 강한 자에게 강하고 약한 자에게 약하다. 그것이 전투민족 마족의 특성이다.

힘이 비슷한 자들끼리는 전투를 벌이고 죽이기를 서슴지 않지만, 격차가 많이 나는 이들은 배려한다. 힘의 차이가 많이 나니까.

한주혁이 의도한 것은 아닌데, 그것은 마족에 대한 강한 프라이드를 갖고 있는 데미안의 심장을 제대로 찔렀다.

"그 말이 맞습니다. 상위 계약자는 제게 원하는 것처럼 보입니다."

약자로서 배려받는 것. 그건 당연하다. 마족의 강함은 거기서 나온다. 강자에게 강하고 약자에게 약한 것.

데미안이 한술 더 떴다.

"어떠한 배려를 원하는 것입니까?"

"인간들에게는 끈끈한 신뢰관계를 구축하기 위한 계약을 한 가지 더 진행한다."

물론 아니다. 한주혁만 그렇다. 더 정확히 말하자면 절대악 클래스를 가진 한주혁만.

"신뢰관계를 위한 계약…… 말입니까?"

"그대가 나보다 강하기에. 나는 내 안전망을 만들어야 한다. 이것은 인간들의 계약. 일시적으로 내가 상위 계약 주체가 맞으니, 그대가 내게 준 계약 외에 내가 주는 계약을 하나쯤 더 하면 좋겠군."

"그것이 어떤 계약입니까?"

한주혁이 말했다.

"시스템이 공중하는 시스템 계약이다."

그것은 바로.

"충성 서약이라는 개념이다."

데미안에게 알림이 들려왔다.

-'충성 서약서'가 전달되었습니다.
-'충성 서약서'에 자신만의 방식으로 서명을 하게 되면 충성 서약서 명부에 이름이 올라가게 됩니다.

데미안은 별로 어렵게 생각하지 않았다.

"어려운 것이 아니군요."

시스템이 공중한다라. 그것보다 믿을 만한 것이 어디 있겠는가. 그는 자신만만하게 서명했다.

마족 서열 2위 데미안이 시스템이 공증하는 서약. 충성 서약서에 이름을 올렸다. 참고로 충성 서약서에 이름을 올리게 되면 '군주의 위엄' 효과를 받게 된다.

<군주의 위엄>

충성 서약을 맺은 모든 대상물에게 공용 버프를 선사하는 스킬입니다. 단, 충성 서약을 맺은 상대를 배신했을 경우 델리트될 확률이 존재합니다.

효과:

공격 데미지 10퍼센트 증가.

H/P 회복 속도 20퍼센트 증가.

M/P 회복 속도 20퍼센트 증가.

모든 물리/비물리 공격에 대한 방어력 10퍼센트 증가.

원래는 '군주의 위엄'이었는데 한주혁의 Sufténus(악명)가 MAX 상태에 도달하면서, 그리고 대군주 칭호를 얻게 되면서 효과가 조금 바뀌었었다.

<대군주의 위엄>

충성 서약을 맺은 모든 대상물에게 공용 버프를 선사하는 스킬입니다. 단, 충성 서약을 맺은 상대를 배신했을 경우, 모든 신체 능력치가 대폭 하락하며 매우 높은 확률로 델리트가 됩니다.

효과:

공격 데미지 20퍼센트 증가.

H/P 회복 속도 30퍼센트 증가.

M/P 회복 속도 30퍼센트 증가.

모든 물리/비물리 공격에 대한 방어력 20퍼센트 증가.

쉽게 말해 배신하면 모든 능력치가 대폭 하락하며 또 굉장히 높은 확률로 델리트된다.

지금 이 순간에도, 마족 데미안은 모르고 있긴 했지만.

한주혁은 데미안에게 많은 것을 설명해 줬다. 이곳의 현재 이름. 이곳이 나타나게 된 배경. 그리고 해야 할 일. 일단 레벨 200이 될 때까지 마족 데미안은 힘을 보태기로 했다.

데미안이 말했다.

"그러고 보니."

이곳에 처음 모습을 드러냈을 때.

"뭔가 거슬리는 것이 있었습니다."

제대로 기억은 나지 않는다. 뭔가 거슬려서 일단 부수고 봤던 거 같다. 숨 쉬는 것처럼 자연스러웠다. 자신이 하루에 몇 번 숨을 쉬었는지 기억하지 못하듯. 뭔가를 부수긴 했는데 뭘 부쉈는지 잘 기억이 안 났다.

"신전의 모양이었던 것 같습니다만."

어쩌면.

"그것에 어떤 실마리가 있었던 건 아닌가. 지금에서야 그런 생각이 듭니다."

한주혁은 데미안이 말하는 것을 잠자코 들었다.

'확실히 대륙에 이름을 부여하는 퀘스트와 데미안은 관련이 있는 관련 NPC네.'

데미안을 통해 힌트가 주어지는 것 같다. 인격을 갖고 있는 데미안 스스로도 인지하지 못하는 사이에 말이다.

"실마리라. 어디쯤인지 기억나나? 나는 이곳에서 단 한 번도 인공적인 건축물을 보지 못했다. 네가 본 것이 건축물이 맞다면, 어떤 실마리가 될 수 있겠지."

"기억은 나지 않습니다. 다만, 내 힘의 잔재가 느껴지는 곳으로 마나를 역추적하여 이동하면 됩니다. 제 힘은 그 흔적이 오래도록 남습니다."

한세아는 속으로 생각했다.

'그래. 네 똥 굵다. 힘만 센 멍충아.'

아. 두 개 더 있지.

'힘 세고 잘생기고 오래가는 멍충아.'

어쨌든 마족 데미안의 안내를 받아 이동했다. 남은 시간은 약 22시간. 22시간 내에 퀘스트를 클리어해야 했다.

광야를 어느 정도 걸었을 때 로딩이 시작됐다. 화면이 바뀌었다. 그와 동시에 새로운 알림이 들려왔다.

화면이 바뀌고 새로이 나타난 필드.

'화면 전환 조건을 딱히 만족하지 않았던 것 같은데.'

한주혁은 광역탐지와 심안을 거의 항상 운용하고 있다. 그 두 가지가 바로 한주혁의 행동을 결정하는 기본적인 스킬이자 능력이니까. 그 두 가지에 아무것도 잡히지 않았다.

천세송도 이런 상황이 처음이었다.

"아무것도 없이 바로 전환되는 건 처음이네요?"

보통은 던전의 입구 앞에서 알림 승인을 하든가 문을 열고 들어간다든가, 지하로 이어지는 계단으로 들어간다든가. 그러한 특별한 행위를 통해 화면이 전환된다. 그런데 지금은 아니었다. 광야를 따라 걷기만 했는데 저절로 화면이 전환되었다.

한주혁이 말했다.

"팬더. 이곳에 대한 정보는?"

"수집 중입니다."

주변을 둘러봤다. 광야가 아니었다. 주변에는 희뿌연 먼지가 흩날리고 있었다.

'폐허?'

데미안이 무언가 박살을 내고 왔다고 했는데 그것이 사실인 것 같았다.

'분필 가루가 휘날리는 것 같군.'

유독물질은 아닌 것 같다만 상당히 시야를 가리고 있었다.

"베르디. 먼지들을 날려."

"알겠사와요."

베르디가 마법을 일으켰다. 바람 마법을 일으켜 먼지들을 바람결에 실어 보내 버렸다. 희뿌연 먼지가 걷히고 나자 이곳의 윤곽이 드러났다.

한주혁의 눈에 보인 이곳의 풍경은 처참했다.

'박살 난 기둥들.'

아마도 대리석과 비슷한 어떠한 것이라고 느껴진다. 기둥들이 기형적인 모습으로 꺾여 있었다. 저 기둥들은 딱히 특별한 기능을 하는 것 같지는 않았다. 혹시 몰라 가까이 다가갔지만 그다지 특별한 알림과 정보는 없었다.

'건물의 잔재.'

여기저기 마치 이 안에서 거대한 폭탄이라도 터진 것 같은 모양새였다.

"데미안. 이곳이 원래 어떠한 건축물이었는지. 전혀 기억이 나지 않나?"

"……전혀 기억이 나지 않습니다. 이런 경우는 잘 없는데……."

데미안이 말꼬리를 흐렸다. 눈치를 보아하니.

'내가 대단히 중요한 무언가를 부쉈나보군.'

아무래도 그런 것 같다. 아무것도 기억이 나지 않는다는 것이 묘하기는 했지만 하여튼 결과적으로는 그랬다. 거기에 팬더가 나섰다.

"부서진 기둥들의 위치. 파편의 조각들."

그리고.

"마족 데미안의 신체 능력을 바탕으로 하여 역추적해 보면."

팬더가 품속에서 구슬 하나를 꺼냈다. 영상 기록 스톤과 비슷하게 생긴 아이템이었다. 팬더가 그곳에 마나를 불어넣자 그곳에서는 홀로그램 비슷한 무언가가 모습을 드러냈다.

"역추적한 결과를 마법 영상으로 송출하였습니다."

에르페스 제국 곳곳에 있는 대신전과 비슷한 형태의 건축물. 대신전들은 대부분 다수의 기둥과 천장으로 이루어진 형태를 하고 있다.

"좌, 우측에 천사 모양의 돌상들이 있었던 것으로 추정됩니다."

"……."

데미안은 신기하다는 듯 팬더를 쳐다봤다.

"인간들은 재미있는 힘을 가졌군."

무력만 놓고 보면 자신에 비할 바는 아니지만, 어떻게 저렇게 신기한 것을 해낼 수 있단 말인가.

"어떻습니까? 이 모양이 맞습니까?"

"잘 기억나지 않지만…… 맞는 것 같다."

한주혁은 생각에 잠겼다. 예고 없는 화면 전환. 비록 지금은 폐허가 되었지만 어쨌든 데미안이 부쉈으리라 짐작되는 신전 형태의 건축물.

팬더가 계속해서 보고를 올렸다.

"이곳에서 정보를 주는 몇몇 스팟들이 있기는 있습니다."

가장 먼저, 영상 송출 장치에 기록되어 있는 '천사 모양의 석상' 두 개. 지금은 그 형체를 알아보기가 거의 힘들었다.

하나는 상반신이 완전히 날아갔고, 또 하나는 발목 부근밖에 안 남았다. 이걸 토대로 두 개의 천사 석상을 복구해 낸 팬더의 능력은 가히 경이로울 지경이었다.

"제가 얻어낼 수 있는 정보는…… 부서진 석상이라는 이름입니다."

한주혁에게 정보가 전송되었다. 패스파인더 팬더. 제9장로는 그 역할을 톡톡히 해냈다.

〈부서진 석상1〉

형체를 알 수 없게 부서진 석상.

〈부서진 석상2〉

하반신만 남아 있는 석상.

기둥들에게서는 별다른 정보를 추출하지 못했고 그나마 정보를 뽑아낼 수 있었던 게 석상들인데, 석상에도 그다지 유의미한 정보는 없었다.

'분명 이름을 짓는 것과 이 신전의 폐허는 관련이 있다.'

아무런 관련도 없이 이곳까지 오지는 않았을 거다. 데미안은 자기도 모르는 사이 키를 가지게 된 NPC임에 틀림없고, 이 NPC를 통해 무언가가 진척되었을 거다.

그것이 퀘스트 형태로 나타났을 거고.

보통은 이렇게 폐허가 된 어딘가에. 정보를 주는 지형지물이 남아 있게 마련.

"데미안. 이곳을 왜 부쉈지?"

"도움을 주지 못해 미안합니다. 전혀 기억이 나지 않습니다."

그렇게 말했다가.

"……아."

정확하지는 않지만.

"뭔가 기분 나쁜 힘이 있었던 것 같습니다."

"기분 나쁜 힘?"

"무엇인지는 모르겠지만 기분 나쁜 힘이 이 주변에 도사리고 있었고 그래서 힘을 폭발시켰던 것 같습니다."

어차피 마지막이라고 생각하던 중이었다. 이미 끝난 목숨. 시원하게 힘이라도 방출해 보고 죽으려고 했었다. 그런데 정신

차려보니 살아 있지 않은가. 이곳을 폐허로 만든 상태로.

"기분 나쁜 힘이라."

데미안이 기분 나빠할 만한 힘.

"루펜달. 루나. 뭐가 됐든 허공에 마법이라도 좀 써봐."

마족 데미안은 성좌의 힘을 싫어했다. 역겨워한 것으로 보아 성좌와 관련이 있는 힘일 확률이 있지 않겠는가.

"마법을? 타깃도 없이?"

한주혁은 그 순간 깨달을 수 있었다.

'아.'

이 새로운 대륙의 개척. 마족 데미안과의 만남. 이 모든 것들이 '절대악 VS 7개의 성좌' 시나리오의 확장선이라고 생각하고 있던 중 아니었던가.

'그렇다면 성좌의 힘과도 관련이 있을 수 있겠지.'

마침 1번 성좌 루펜달과 7번 성좌 한세아가 함께 있다. 한세아가 의문을 표한 그 시점에, 루펜달은 이미 한주혁의 명령을 받들었다. 의심? 의문? 그런 거 필요 없다. 형님이 까라면 까는 거다.

"세인트 소드!"

루펜달은 1번 성좌. 성염의 검투사를 선택했다. 그의 뒤로 하얀색 검 4자루가 생겨났고, 그것은 꼬꼬를 향해 쏘아져 나갔다.

키에엑!

이 펫 2호가!

꼬꼬는 느꼈다. 저놈. 이 기회를 틈타 자신을 공격했다. 게다가 성염의 검투사는 기본적으로 불꽃 속성을 내재하고 있는 클래스다. 루펜달에게 기습당한 꼬꼬는 그 커다란 날개를 마구 휘저으며 루펜달을 위협했다.

그러나 루펜달은 쫄지 않았다.

"형님께서 시키셔서 어쩔 수 없었다. 펫 2호!"

스스로 쫄지 않았다고 생각했으나 두 걸음쯤 뒤로 물러가다 데미안과 부딪쳤다. 데미안이 낮게 속삭였다.

"내 계약 상위 주체와 관련이 없었다면 네놈은 이미 죽었을 거다."

루펜달은 기죽지 않았다. 네가 세? 그래봤자 얼마나 세?

"형님 앞에 만민은 평등하다. 잡놈아."

죽일 테면 죽이라지. 그랬다가는 형님에게 혼이 날걸. 나는 아주 중요한 위치에 있는 성좌니까! 나는 대연합 헐렐루야의 연합장이니까!

한주혁은 헤프닝에 그다지 신경 쓰지 않았다.

어차피 저 정도 공격받는다고 어떻게 될 꼬꼬도 아니고, 데미안이 루펜달을 진짜로 죽이지도 않는다. 진짜로 죽이려고 했다면 이미 죽였을 거다.

'방금. 뭔가 느껴졌다.'

발밑에서 뭔가가 반응했다.

'어디지.'

아주 짧게 느껴졌다.

"루펜달. 루나. 한 번 더."

둘은 이렇게 이해했다. 아. 꼬꼬를 공격하면 되는구나.

몇 번의 시도 끝에 한주혁과 팬더는 찾아낼 수 있었다. 한주혁이 걸음을 옮겼다. 부서진 건축자재들 위로 한주혁이 올라섰다. 별다른 정보는 없었다.

"베르디. 이것들을 치워."

"베르디는 오늘 주군께 힘이 될 수 있어 행복하답니다."

베르디가 다시 한번 마법을 일으켰다. 한주혁의 발아래 깔려 있던 잔해들이 순식간에 바람에 휩쓸려 나갔다.

한주혁만이 그 바람의 영향에서 자유로웠다.

한주혁은 발밑에서 발견할 수 있었다.

"이건……."

전에 봤던 거다.

"석판?"

네모난 모양의 석판.

'이게 자주 보이네.'

헌납하는 제단의 첫 번째 관문에서 봤고, 성좌들이 모여 있던 블랑디아 영지에서도 봤다. 이게 무엇인지는 아직 모르겠다만 방금 성좌들이 힘을 발현했을 때, 이곳에서 반응이 있었다.

"루나. 루펜달. 다시."

키에에에에엑!

꼬꼬가 하늘로 날아올랐다.

키엑!

죽인다!

주인님이 시킨 거니까 뭐라 할 수도 없고. 한세아는 그렇다 쳐도 루펜달 저놈은 반드시 쪼아주기로 했다.

키에에엑!

능욕할 거다!

키엑키엑!

루펜달 두고보자!

한주혁이 팬더를 쳐다봤다.

"내가 느낀 것이 틀림없겠지?"

"분명합니다. 이 석판은…… 성좌의 힘이 일정 부분 반응하고 있습니다."

다만 그 반응이 너무 미비했다. 성좌의 힘이 뿜어져 나올 때. 아주 잠깐 석판에 마력이 감돌았다.

"석판에서 얻어지는 정보는 없나?"

"전송하겠습니다."

한주혁에게 정보가 전송되었다.

〈정체를 알 수 없는 석판〉

특별한 마나에 반응하는 석판. 중요한 물건처럼 보인다.

'좋아.'

퀘스트를 클리어하는 데에 어떤 역할을 하는 석판이 틀림없다. '중요한 물건처럼 보인다'라는 설명이 있을 때에는, 실제로 중요한 물건일 확률이 매우 높다.

가까이 다가온 베르디가 말했다.

"이건…… 저도 잘 모르는 마법언어일 확률이 높답니다. 고대문서에서 본 적이 있사와요. 안타깝게도 해석은 할 수 없사와요."

그 말을 들은 한주혁은 석판을 살펴봤다. 하지만 글자는 보이지 않았다.

"이곳 어디에 마법언어가 새겨져 있다는 거지?"

"이 석판에 새겨져 있는 결들이 마나의 흐름을 미세하게나마 유도하고 있답니다. 이것은 곧 글자로써 작동한다고 알고 있사와요."

그러니까 이 석판에는 마나의 흐름을 유도하는 결들이 있고, 성좌가 마법을 발현할 때 이 결들에 마나 흐름이 깃들어 작동을 한다는 의미인 듯했다.

'마나의 흐름을 유도한다라.'

마나가 있으면 그 마나를 특정한 방법으로 흐르게 만드는 특이한 석판.

팬더는 계속해서 석판의 정보를 탐색했다. 패스파인더만의 스킬로. 같은 설명이 계속해서 이어졌다.

〈정체를 알 수 없는 석판〉
〈정체를 알 수 없는 석판〉
〈정체를 알 수 없는 석판〉
〈정체를 알 수 없는 석판〉
……

팬더는 포기하지 않았다. 베르디가 저 정도로 열심히 일해 주고 있는데, 명색이 패스파인더인 자신이 도움이 되지 못하면 어떡한단 말인가.

'제발 뭐라도 읽혀라.'

그는 자신의 존재 가치를 증명하고 싶었다. 이번에 '경이로운 성분분석'을 얻게 된 것도 주군 덕분 아닌가.

"주군."

팬더가 무릎을 꿇었다.

"긴히 청할 것이 있습니다."

"뭐지?"

"악의 독려를…… 한 번 부탁드려도 되겠습니까?"

한주혁이 고개를 끄덕였다. 겨우 이 정도로 무릎을 꿇을 것까지는 없는데.

-스킬. 악의 독려를 사용합니다.

악의 독려. 악의 권속들의 힘을 증폭시켜 주는 절대악 고유의 버프 스킬. 그것을 받은 팬더가 계속해서 탐색을 시도했다. 그리고 결국에는 한 줄의 정보를 더 획득할 수 있었다.

〈마나 석판〉

특별한 마나에 반응하는 석판. 중요한 물건처럼 보인다. 마나를 구동하는 에너지원이 필요하다.

이름도 바뀌었다. 마나 석판. 이것이 마나 석판인 듯했다. 데미안은 흥미롭다는 듯 한주혁과 팬더를 번갈아가면서 쳐다봤다.

'이 힘이다……!'

역시 저 인간은 보통 인간이 아니었다.

'내가 아까 느꼈던 능력.'

타인을 강하게 만들어주는 획기적인 능력. 그것도 엄청나게. 이것은 마족에게는 없는 힘이다. 마족은 스스로의 힘만을 믿는 종족이다. 이런 힘이 있다는 것도 처음 알았다.

'저 능력이 있다면 카르티안 놈의 심장을 씹어 먹을 수 있겠지.'

아직은 아니다. 더 필요하다. 계약 상위 주체를 더욱 강력하게 만들어야 했다.

복수를 하기 위해서는 힘이 필요했으니까.

'내가 인간에 대해 잘못 알고 있었군.'

인간의 발전 가능성을 너무 얕보고 있었던 것 같다. 책으로

만 알고 있던 인간에 대해 새롭게 알았다.

물론 그가 접한 인간이 세계 60억 인구 중에서도 특별히 선택받은, 60억 분의 1에 속하는 인간이라는 게 좀 특이하기는 했지만.

어쨌든 한주혁은 석판에 대한 정보와 현재 상황에 대한 퍼즐을 맞추기 시작했다.

'대군주. 대륙 개척. 마족. 성좌의 힘. 석판. 에너지원.'

성좌들의 방에서도 이게 있었다. 인위적으로 심어놓은 것처럼 보였었다.

'성좌들이 사용할 수 있는 아이템.'

성좌들은 진작부터 이것을 사용해 왔던 것처럼 보인다. 그걸 이미 알았다.

'그렇다면 성좌들이 구동할 수 있었다는 얘기.'

한주혁은 거의 결론을 내릴 수 있었다.

'성좌들이 구동할 수 있었다 함은…… 그렇게 특별한 것은 아니라는 얘기고.'

그리고.

'성좌와 관련되어. 메인 시나리오 퀘스트의 진행에 있어서 내게 필수 불가결인 것.'

절대악 VS 7개의 성좌 퀘스트에 있어서 매우 필수적인 것. 12대 초인들의 아이템이야 원래는 성좌들의 것으로 배정되어 있던 것이니 논외로 치고.

'결국 그건.'

답은 하나였다.

〈마나 석판〉

특별한 마나에 반응하는 석판. 중요한 물건처럼 보인다. 마나를 구동하는 에너지원이 필요하다.

한주혁은 팬더가 겨우겨우 알아낸 한 가지 정보에 집중했다.

'에너지원.'

그 에너지원이 성좌가 사용가능했다?

전 세계적으로 쓰이고 있는, 그 활용도가 엄청나게 높은 에너지원이 하나 있다.

'몬스터 스톤.'

몬스터 스톤이 이 석판을 구동하는 에너지원의 역할을 할 것이라 확신했다.

'돌이켜 보면 몬스터 스톤이 이 시나리오의 중추적인 역할을 하고 있어.'

더 정확하게 말하자면 '블랙 스톤'이 그렇다. 블랙 스톤이 없었다면 힐스테이나 프루나 등의 영지를 제대로 확장시키지 못했을 거고, 또 검은 불꽃이 들켜서 진작 토벌당했을 거다.

지금 시점에서 블랙 스톤은 제국과의 전쟁을 피할 수 있도록 만들어주는 하나의, '시간을 벌어주는 역할'을 해주고 있다.

'블랙 스톤이 있어서.'

그래서 세계 초강대국들 사이에서 줄타기를 할 수 있다. 그냥 줄타기도 아니고 한주혁 자신에게 매우 유리한 줄타기를.

'결국 블랙 스톤이 없었다면 여기까지 오지 못했겠지.'

그렇다면 이 석판을 구동하는 데에, 블랙 스톤이 필요할까?

그 부분에 있어서는 약간 회의적이었다. 중요한 포인트가 하나 더 있었다. 마나 석판이 바로 '특별한 마나에 반응하는 석판'이라는 것이다.

특별한 마나. 몬스터 스톤에서 뿜어져 나오는 마나를 어떤 특별한 방법으로 바꾸어야 하지 않을까.

'메인 시나리오와 관련되어 있고.'

정말 아무것도 아닌 것처럼 보이고, 아무런 단서도 아닌 것처럼 보이지만 데미안이 성좌의 힘에 반응한 것도 하나의 힌트라 볼 수 있었다.

'만약 데미안이 우리와 싸우려 들었다면 그냥 싸우면 됐고. 복수를 위해 내 밑으로 들어오려 했다면 퀘스트부터 활성화시키면 됐어.'

그런데 굳이 '역겨운'이라는 단어를 써가면서 그렇게 접근했다. 번거롭게 말이다.

'결국 이 대륙 퀘스트를 위해서는 성좌의 존재가 필요했다는 거고.'

절대악만 있어도 안 되고 성좌만 있어도 안 된다. 절대악과 성좌. 그 둘의 힘이 존재해야만 이 메인 시나리오를 클리어해 나갈 수 있다. 그렇게 확장된 거다.

'이 석판을 구동하는 데에 성좌의 힘이 필수적이라 한다면.'

한주혁이 석판 위에 레드 스톤을 하나 올렸다.

"루나. 여기에 마법 써서 레드 스톤 녹여."

"레드 스톤을?"

"어. 석판 안 다치게. 할 수 있지?"

"당연하지."

한주혁에 비해 많이 약해서 그렇지 루나도 세계적인 탑클래스 플레이어다. 물론 한주혁이 잘 키워줘서 그렇긴 하지만 어쨌거나 탑클래스임에는 틀림없었다.

한세아의 손에서 잿빛 마나가 피어올랐다. 아주 작은, 구 형태의 마나가 생성되었고 그것이 둥실둥실 날아갔다. 레드 스톤에 닿았다. 레드 스톤이 녹기 시작했다.

'반응하고 있어.'

베르디가 말했다. 저 아무것도 아닌 결들 자체가 문자 역할을 한다고. 저 결들을 통해 마나가 흐르면서 글자의 역할을 수행한다고 했다.

'레드 스톤 하나로는 어림도 없는 건가.'

그때 루펜달이 말했다.

"형님! 저에게 레드 스톤이 많이 있습니다!"

"그래?"

"예! 아직 3충성을 믿지 못하여 전하지 않았습니다! 아직까지 형님의 믿음직한 창고. 루펜달입니다."

그러면서 은근슬쩍 꼬꼬를 쳐다봤다. 야. 너는 창고 못 하지?

"몇 개나 갖고 있지?"

"레드 스톤 꾸러미로 3개 갖고 있습니다!"

꾸러미에는 20개의 몬스터 스톤이 들어있다. 돈으로 환산하면 꾸러미 하나가 100억이다.

3충성은 기겁했다.

'3, 3, 300억?'

절대악이 엄청난 부자인 것도 알고, 자신은 감히 쳐다보지도 못할 정도의 위치에 있는 사람이라는 것도 알지만 부하에게 300억을 맡겨놓을 정도라니.

'조 단위의 금액은 너무 커서 감도 안 오는데……'

그나마.

'차라리 300억이 훨씬 현실성 있게 다가온다.'

현실성 있는 금액이라 더 충격적이다. 원래 아예 감이 없는 것은 별로 충격이 안 된다. 그런데 3충성은 그나마 남아 있는 논리회로를 가동시킬 수 있었다.

'근데 300억이 현실적인 금액이야?'

이건 좀 아닌 거 같다. 인터넷 논객을 접어야 할 거 같다. 이거. 아무래도 펫을 해야 되는 거 아닌가. 진짜 펫을 자처해야하는 거 아닌가. 나는 인터넷 논객이면서 또 '자낳괴'인데. 그냥 자낳괴답게 펫 1호 쟁탈전에 끼어들어 볼까. 그러면 나도저 300억 만져볼 수 있지 않을까.

한주혁이 고개를 끄덕였다.

"일단 가볍게 레드 스톤부터."

블랙 스톤은 최후의 보루다. 레드 스톤은 쉽게 얻을 수 있는데 블랙 스톤은 얻기가 아주 힘들다.

이번에는 꾸러미 하나를 올렸다.

"루나. 이번에도 녹여."

"응."

3충성은 이 상황을 이해하지 못했다. 아니. 이해하고 싶지 않았다.

'저, 저건 하나에 100억이라고!'

두 눈을 비벼야 했다. 아니, 미친 거 아닌가. 100억짜리 아이템을 석판 위에서 녹이라니. 저걸 명령하는 절대악이나, 뭐가 이상하냐는 듯 아무렇지도 않은 7번 성좌나. 그걸 가만히 지켜보고 있는 다른 NPC들이나. 미친 것이 틀림없다.

'미쳤어. 이건 미친 거야!'

인터넷을 통해 세상을 바라볼 때와 직접 눈으로 보고 몸으로 경험할 때는 완전히 달랐다. 인터넷에서라면 '합리적이고 이성적인 판단을 한다면 당연히 레드 스톤. 아니 더 나아가 블랙 스톤도 녹여야 함'이라고 얘기를 했겠지만 이건 엄연히 현실 아닌가.

눈앞에서 100억이 녹아드는 것을 보게 된 3충성은 정신을 차리지 못했다.

'뭐 이래?'

현실이 너무나 비현실적이다. 결국 그는 현실을 받아들여야 만 했다.

'이게…… 클래스 차이인가.'

처음 베르디를 봤을 때, 베르디에 의해 현실로 회귀할 수 있 었던 3층성은 이번에도 현실에 있는 절망스러운 벽을 마주했다.

'여긴 그냥 인간세계가 아닌 거 같다.'

아무래도 그런 거 같다. 나는 인간인데. 신선놀음에 잠깐 끼 어든 거 같다. 나, 잘하고 있는 거 맞지? 살아 돌아갈 수 있는 거지? 인간계로.

'여긴 미친 세상이구나. 수백억이 그냥 마구 날아다니는 세상.'

어쨌든 100억에 달하는 레드 스톤 꾸러미가 한세아의 '파이 어'에 의하여 녹아내렸다.

그러자 변화가 일기 시작했다.

쿠구구구궁!

지진이 일어난 것 같았다. 화면 전체가 떨렸다.

-스킬. 악신의 가호를 사용합니다.

일단 혹시 몰라 방어 스킬을 펼쳤다. 베르디가 날려 버렸던 먼지들이 폭풍이 되어 돌아오고 있었다.

'뭐지?'

그런데 이쪽을 공격하려는 것 같지는 않다. 마나 석판이 하얀색으로 빛나고 있다.

'아. 알겠다. 신전이 복구되는 것 같은데.'

이 마나 석판은 신전을 복구시킬 수 있는 힘을 가지고 있는 것 같았다. 레드 스톤을 에너지원으로 활용해서 말이다.

데미안이 무너뜨렸던 신전이 원래의 모습을 갖추기 시작했다. 박살 났던 기둥이 바로세워지고 금이 쩍쩍 갈라졌던 바닥이 퍼즐 맞춰지듯 메꿔졌다.

그런데 과정이 그다지 순조롭지 못했다. 어느 정도 신전의 복구가 완료되었다 싶자.

콰과과과광!

굉음과 함께 신전이 다시 무너졌다. 그냥 무너진 정도가 아니라 폭삭 주저앉았다.

먼지를 잔뜩 들이마신 천세송이 기침했다.

"콜록! 콜록!"

그게 무슨 기회인가 싶지만 한주혁이 천세송을 품 안에 쏙 안았다. 그리고 그게 뭐 그리 대단한 거라고 이주랑은 그게 새삼 부러웠다.

'저도…… 기침 했습니다만.'

절대악을 넘본다거나 절대악을 쟁취하고 싶다거나 한 것은 아닙니다만 괜히 서러워졌다. 그녀는 어딜 가도 대접받는다.

대접받는 정도가 아니라 공주로 떠받들어진다. 그녀가 원하는 건 아닌데 남자들이 그렇게 대해준다. 너무 아름다우시다며 접근하는 건 언제나 남자들이었다. 이주랑은 그런 남자들에게 관심이 전혀 없긴 했지만.

이주랑은 무미건조한 표정으로, 또 매우 어색하게 다시 한 번 기침했다.

"콜록. 콜록."

한주혁이 힐끗 한 번 쳐다보기는 했지만 그냥 딱 거기까지였다. 아. 오늘 공기가 참 안 좋구나. 그걸 느끼는 정도.

한주혁의 품에 안긴 천세송은 고개를 들어 한주혁을 쳐다봤다.

"고마워요. 오빠."

"응. 괜찮아?"

"그럼요. 먼지가 들어왔을 뿐. 유독물질도 아닌걸요?"

한주혁은 천세송의 등을 토닥여 준 뒤 베르디에게 물었다.

"베르디. 네가 판단하기에 마나가 부족했나?"

"마나는 아직도 남아 있사와요. 마나 석판에 강대한 마나가 깃들어 있답니다. 제가 판단하기에는……."

"마나의 등급을 충족하지 못했겠지."

마지막 한 단추. 복구가 완료되는 그 시점을 넘어가는, 그 한계를 살짝 초월하는 그 등급. 그 등급의 마나가 필요했다.

"저도 그렇게 생각한답니다. 주군께서는 역시 명석하셔요. 만약 주군께서 마법을 익히셨다면 베르디를 금방 능기하셨을 거랍니다. 베르디는 이러한 주군을 모시게 되어 영광이어요."

가능하다면 침대에서도 모시고 싶지만 주모님께서 계시므로 베르디는 그 욕심을 접어야겠지요. 베르디는 아쉬운 듯 입맛을 쩝쩝 다셨다.

베르디의 마음을 아는지 모르는지 한주혁은 인상을 찡그렸다.

'아이씨. 결국.'

이거.

'각 나오네.'

소위 말하는, '사이즈'가 나왔다. 이거 레드 스톤만으로는 어떻게 안 된다.

'결국……'

이건 아닐 거라 믿었는데.

'또 블랙 스톤이야?'

얻으면 뭘 하나. 구하면 뭘 하나. 쌓으면 뭘 하나.

'또냐고!'

이런 제기랄.

"……블랙 스톤을 사용한다."

그렇게 50조가 증발했다.

한주혁의 생각은 정확했다.

"레드 스톤이 마나 구동원의 역할을 하고 있사와요. 그리고 블랙 스톤이 결정적인 한 방의 에너지를 주고 있답니다."

전쟁으로 치자면 약한 졸개들은 레드 스톤이 처리하는 거고, 레드 스톤이 처리할 수 없는 강한 장수를 블랙 스톤이 처리하는 개념이다.

"신전이 복구되고 있사와요!"

베르디는 신난 것 같았다. '마나 석판'은 고대 기록의 산물. 이것이 구동되는 것을 보는 게 즐거운 듯했다. 새로운 마법의 세계를 경험하고 있다고나 할까.

플레이어와 달리 NPC들은 마나를 이해하고 그것을 토대로 마법을 활용하니까. 이것만으로도 베르디에게는 훌륭한 공부가 되는 듯했다.

결국 신전이 복구되었다. 팬더가 만들어냈던 홀로그램과 거의 흡사한 형태의 신전이었다.

정보도 파악이 가능했다. 군이 팬더를 통하지 않아도 되었다.

왼쪽 편에 있는 남자 형상의 천사로 시선을 옮기자 천사에 대한 정보가 전해졌다.

〈신전을 지키는 천사 석상1〉

그 천사가 말했다.

"태초의 신전에 온 것을 환영한다. 태초의 신전은 생명이 시작되는 곳. 이곳에서 역사가 시작되리라."

살아 움직이는 NPC는 아니었다. 정보를 전달해 주는 하나의 정보전달개체에 가까웠다.

옆에는 여자 형상의 천사도 있었다.

〈신전을 지키는 천사 석상2〉

시선을 그쪽으로 옮기자 그 천사도 입을 열었다.

"태초의 신전은 아직 완성되지 않았어. 신전의 힘을 완벽하게 만들어줘."

석상 2의 신체가 바들바들 떨리기 시작했다. 그 떨림이 점점 심해졌다.

쿠구구구궁-!

이내 석상 2가 무너져 내렸다.

"신…… 이…… 어야……."

무슨 말인지 이해할 수 없는 말이 들려왔다. 바닥에 떨어진 여자 형상의 석상이 깨져 버리면서 말을 제대로 들을 수 없었다. 옆에 있던 남자 형상의 석상도 이해할 수 없는 말을 남기면서 무너졌다.

"…… 어…… 주…… 오…… 공…… 다."

그들의 말은 제대로 이해할 수 없었다.

"일단 안으로 들어간다."

제대로 플레이하고 있는 건 맞다. 감이 온다. 이 신전. 이름부터 태초의 신전이다. 이곳에서부터 시나리오가 시작된다.

안으로 들어갔을 때. 한주혁이 뭔가를 발견했다.

"저건."

눈에 익숙한 것이었다. 저걸 본 순간. 한주혁을 깨달을 수 있었다.

'알겠다.'

이 던전의 존재 의미를. 그 표정을 한세아가 읽었다.

'저 오빠. 또 뭔가를 알아냈네.'

뭔지는 모르겠지만. 분명히 그랬다. 오빠 특유의 자신감 넘치는 표정이 나왔다.

'나는 모르겠는데.'

하여튼 저 오빠. 어떻게 26년간 백수로 지냈는지 알다가도 모를 노릇이다. 아니.

'26년의 고생이 있었기에 지금의 우리 오빠가 있을 수 있는 거겠지?'

아마도 그렇지 않을까 싶다. 가족으로서. 괜히 자랑스러워졌다. 자랑스러워진 한세아가 물었다.

"오빠. 뭔가 알아낸 거 맞지?"

한주혁이 대답했다.

"맞아. 저길 보면……."

지금 이 순간. 한주혁의 시선이 오랜만에, 천세송이 아닌 이주랑을 향하고 있었다.

둥그런 형태의 원형 바닥. 그리고 그 위. 동서남북 네 방향에 서 있는 약 2미터 크기의 회색 돌. 단순한 돌이 아닌, 마법진이 새겨져 있는 마법비석.

'워프 포탈.'

한주혁은 저것이 다른 형태의 워프 포탈이라는 것을 어렵지 않게 알아차릴 수 있었다.

'맞아.'

모든 사람이 플레이를 시작할 때 듣게 되는 배경이 있다. 태초에 이 세계가 어떻게 창조되었으며 누가 나타나게 되고 어떤 전쟁이 있었고 결국 여기까지 이르러 이렇게 저렇게 됐다.

그러니 각성하라, 플레이어들이여.

대충 그런 내용. 어떤 게임에 들어가도, 어떤 시나리오를 보더라도 전부 있을 법한 내용.

'별로 중요하지 않아서 다들 제대로 안 보지만.'

처음 올림푸스를 시작하는 나이가 대략 7세에서 8세 정도 된다. 부모들은 그때, 아이들에게 상당히 많은 관심을 기울이며 지도한다. 올림푸스에서의 성공이 곧 현실에서의 성공이니까.

하지만 그 많은 부모들도 처음 설명은 대충 스킵하라고 가르친다. 배워봐야 어차피 별 소용이 없으니까. 그리고 어차피 기억도 못 하니까. 그 자세한 내용은 이미 올림푸스 매니아에 공개되어 있는 상태.

'결국 에르페스의 시작도 워프 포탈부터였지.'

에르페스 제국뿐만이 아니다. 그 외의 다른 제국들도 그 시작은 '워프 포탈'이었다. 워프 포탈이 생기면서 나라 간의 교류가 자유로워지고 병력 이동의 제한이 사라지면서 거대한 힘을 가진 제국이 탄생하게 된 거다.

이주랑은 한주혁의 눈빛을 느꼈다. 눈빛을 느낀 이주랑은 고개를 끄덕였다.

"워프 포탈이 맞는 것 같습니다."

그런데 하필이면 이곳의 이름이 '태초의 신전'이다. 이주랑은 이 '태초'라는 말을 이미 전직을 할 때 들었다.

에르페스 제국은 '태초의 워프 포탈'로부터 시작되었다고 했다. 물론 이것 역시 모든 클래스들이 비슷한 말을 듣는다. 가령, 검투사 클래스의 경우는 '에르페스 제국의 힘은 바로 이 검술에서 나온다'라고 배운다.

마법사 클래스의 경우는 '에르페스 제국의 힘은 바로 이 마법에서 나온다'라고 배운다.

'나 역시 그때는 으레 그러려니 하고 넘겼는데.'

그냥 다들 넘기는 그 말에 약간의 힌트가 숨어 있던 것 같다.

'태초의 신전. 최초의 워프 포탈.'

이곳으로부터 대륙의 역사가 시작되는 게 아닐까. 그리고 한주혁이 자신을 쳐다보고 있는 것은 자신에게 무언가 원하는 것이 있는 것 같았다.

한주혁이 앞으로 걸어갔다. 네 개의 비석 앞에 섰다. 팬더의 도움 없이도 정보를 받아들일 수 있었다.

〈태초의 포탈〉

가동하지 않는 상태의 워프 포탈. '?' 대륙에 위치하고 있는 모든 포탈의 시초가 되는 포탈이다.

그렇다면 이 태초의 포탈을 어떻게 가동시키는 거지. 발아래를 쳐다봤다. 이곳에도 역시 '마나 석판'이 위치했다.

천세송은 잠자코 자신의 남자 친구인 한주혁이 뭘 하는지 지켜봤다. 사실 그녀는 클래스 빨이 대단할 뿐, 게임 센스가 뛰어난 건 아니었다.

다만 남자 친구에게 누가 되지 않기 위해서 그녀 나름대로는 열심히 하고 있다. 내가 못하면 오빠가 피해 입을까 봐. 그래서 그녀 나름대로는 정말 열심히 플레이하고 있는 중이다. 그리고 이럴 때. 그녀는 스스로 어떻게 행동해야 하는지 잘 알고 있다.

'나는 모르지만…….'

오빠는 알 거야.

'왜냐하면 우리 오빠니까! 왜냐하면 우리 오빠는 세상에서 제일 멋있으니까!'

만약 누군가가 '멋있는 것'과 '아는 것' 사이에 어떤 상관관계가 있느냐고 묻는다면 천세송은 대답하지 못할 것이 뻔하긴 했지만. 어쨌든 천세송은 어찌 보면 루펜달보다 더한 믿음과 신뢰를 가지고 한주혁을 바라봤다.

'오빠라면 분명 뭔가를 알고 있을 거야.'

한세아와 마찬가지로 한주혁의 표정을 조금씩은 읽을 수 있게 됐다.

'뭘 하려는 걸까?'

워프 포탈 앞에 선 한주혁이 팬더를 불렀다. 제9장로. 팬더가 재빠르게 움직여 한주혁 옆에 섰다.

"팬더. 헌납하는 제단. 기억나나?"

"물론 기억납니다. 주군께서 파악하셨던 사실은 모두 잊지 않고 있습니다."

그것은 패스파인더의 기본입니다.

"마나 석판을 본 그 시점에서. 메인 시나리오를 클리어해 나가는 지금 이 시점에서. 나는 내 시나리오 퀘스트가 연결되고 있다고 판단했다.

"저 역시 동의합니다."

주군의 생각은 늘 옳습니다! 진심이 가득 담긴 아부를 하고 싶었지만 참았다. 주군께서 중요한 말을 하고 있으니까.

"그때. 내가 서 있는 방향이 기준이었지?"

"맞습니다. 석판 위에 서서 대상물을 바라보는 위치였습니다."

그리고.

"주군을 기준으로 하여 오른쪽에서부터 왼쪽으로. 약 5미터 간격으로 색깔이 흐려졌습니다."

팬더는 당시의 상황을 정확하게 기억했다. 헌납하는 제단.

그곳에서의 상황을.

한세아는 저게 무슨 말인지 이해하기는 어려웠지만 상황 자체는 이해할 수 있었다.

'성좌들 퀘스트가 서로 이어지는 것처럼……'

절대악의 메인 시나리오 퀘스트 역시 전 던전과 이어지는 모양이었다. 한주혁이 고개를 끄덕였다.

그 역시 정확하게 기억 하고는 있었지만 머리 좋은 참모 됐다가 어디 쓰겠는가. 팬더와 자신의 기억이 일치한다. 100퍼센트 일치한다는 얘기다.

한주혁이 손을 들어 올렸다.

"어디 보자."

자세히 보면 비석의 색깔이 조금씩 다르다. 진하고 옅고. 차이가 있다.

'손으로 컨트롤하면 되는 건가?'

시선이 비석을 향했다. 알림이 들려왔다.

-마법 비석을 이동하시겠습니까?

한주혁이 손을 움직이자 그 움직임을 따라 비석들의 위치가 변경되었다.

한주혁 기준으로 오른쪽에서 왼쪽으로.

"이 지점이 정확하게 5미터가 되는 지점입니다."

각각의 비석이 5미터의 거리가 떨어지도록. 그렇게 배치하자 워프 포탈에서 황금빛이 새어나오기 시작했다. 플레이어들이 실제로 보는, 워프 포탈의 모습에 가까워졌다.

-태초의 워프 포탈 가동에 필요한 에너지를 확보하였습니다.
-태초의 워프 포탈 가동에 성공하였습니다!

한세아는 느낄 수 있었다.

'인간들이 아니야.'

팬더야 NPC니까 당연히 인간이 아니지만. 어쨌든 예전 던전에 있었던 그 사소한 정보까지도 기억해내서 그걸 여기다 끼워맞추는 저 오빠라는 인간이 정말 인간이 맞나 싶을 정도다.

'하기야 뭐.'

인간들이 마법을 쓰고 하늘을 날아다니고 죽어도 되살아는데.

'하여튼 미쳤어.'

미쳤다. 아주 좋은 의미로. 굉장히 긍정적으로 미친 오빠다. 한세아에게도 알림이 들려왔다.

-태초의 워프 포탈의 완벽한 가동을 위하여 새로운 조건이 필요합니다.
-새로운 퀘스트가 주어집니다.

-태초의 신전에 입장한 모든 인원을 파악합니다.
-퀘스트. '태초의 워프 포탈을 가동시켜라!'가 활성화되었습니다.

한주혁에게만 또 다른 알림이 들려왔다.

-아서 님에게 '태초의 힘'이 주어집니다.
-'태초의 힘'은 워프 포탈을 활성화시킬 수 있는 힘입니다.

이 태초의 힘을 가지고 죽어 있는 워프 포탈로 이동하면 워프 포탈이 살아난단다. 조건은 어렵지 않았다. 가까이 가기만 하면 되니까.

'오케이.'

뭔지 알겠다. 시작하기로 했다.

데미안은 흥미로웠다.

'퀘스트?'

퀘스트라는 것을 처음 받아본다. 그 역시 정보가 머릿속으로 전해졌다.

'대륙 전역에 퍼져 있는 워프 포탈을 활성화시켜야 한다?'

모두의 인벤토리에 각각 1장씩의 지도가 들어왔다. 제1장로 룩소가 모든 이들을 대표하여 그 지도들을 수합했다.

"주군. 지도가 가리키는 방향이 모두 다릅니다. 중복되는 것도 있고 중복되지 않은 것도 있습니다만."

한주혁이 씨익 웃었다.

'워프 포탈이 이렇게 많아?'

이 대륙이 얼마나 넓은 건지는 모르겠다. 몇 개의 필드가 있는지도 아직 잘 모른다.

데미안이 인상을 찡그렸다.

"계약 상위 주체여."

"뭐지?"

"나 역시 지도를 읽었다."

한주혁이 데미안을 쳐다봤다. 쟤가 무슨 말을 하려고 저러지?

"그리고 퀘스트 알림까지 들을 수 있었습니다. 퀘스트 알림에 따르면 12시간 내에 이 모든 곳의 워프 포탈을 활성화시켜야 한다고 합니다."

"맞아."

데미안의 표정이 약간 일그러졌다.

"아까 들은 정보에 의하면 24시간 내에 이 대륙에 이름을 부여하지 못하면 이곳의 모두가 사망한다고 들었다. 부활이 있는 죽음이 아닌. 진정한 의미의 죽음."

그러면 안 된다. 그는 마계로 돌아가야 했다. 무슨 수를 써서라도 카르티안의 심장을 씹어 먹어야 했다. 여기서는 죽을 수 없었다. 마음이 급했는지. 저도 모르게 반말이 튀어나왔다. 한주혁은 그 말투에 크게 개의치 않았다. 차라리 저놈은 반말로 말하는 게 더 편하게 들릴 정도.

"12시간 내에 이 모든 곳의 워프 포탈을 활성화시키는 게 가능하다고 보는가?"

그 대단한 마족이라고 해도 이건 불가능하다. 대륙 전역에 퍼져 있는 워프 포탈 아닌가. 마족이 불가능한 일. 인간이 어떻게 이것을 한단 말인가.

"정말 못할 거라고 생각해?"

"물론이다. 창세의 마족이라 할지라도. 이것은 불가능하다. 물리적으로 가능한 퀘스트가 아니다."

포기할 것은 빠르게 포기하고. 취할 것만 취한다. 빠르고 간결하게. 그게 마족이 살아가는 방식. 그가 판단하기에 이것은 무조건 불가능한 미션이다.

한주혁이 어깨를 으쓱했다.

"못할 것 같아?"

못하긴 왜 못한단 말인가. 이곳에는 워프 마스터 이주랑이 있는데.

"주랑 씨. 할 수 있죠?"

주랑은 올 게 왔구나 싶었다. 얼굴이 파리해졌다.

'이걸 전부 하려면……'

이걸 전부. 12시간 내에 움직이면.

'나는 거의 시체가 되겠는데……?'

현실의 몸에도 어마어마한 타격이 갈 거다. 이 정도로 무리한 워프를 하게 되면.

한주혁이 씨익 웃고서 말했다.

"너무 힘들면 몇 번 죽어도 돼요."

"……예?"

"루나가 살려줄 거니까. 죽고 나면 초기화 되잖아요?"

"……."

되게 웃는 얼굴로 저런 말을 잘하는구나.

"델리트 사망의 경우는 단 한 번 살릴 수 있는데, 일반 사망은 계속 살릴 수 있어요."

"……."

그러니까 힘들면 죽었다가 다시 살아나라는 얘기였다.

"내가 버프도 잘 줄 테니까. 한 번 해보죠."

"……."

이주랑은 고개를 끄덕였다. 그래. 뭐. 까짓것 하지 뭐. 한국 사회. 아니, 나아가 세계를 선도하고 있는 이에게 이 정도 힘은 보태줘야 할아버지의 면도 살지 않겠는가.

그래서 결국 이주랑은 수없이 워프해야만 했다. 워프 포탈을 활성화시키는 방법 자체는 그다지 어렵지 않았다.

이주랑은 간만에 거친 숨을 몰아쉬었다.

"……헉, 헉……!"

"그럼 이제 한 번 죽여줄까요?"

"······아닙니다."

안 죽고 싶다. 아무리 게임이어도 죽는 건 싫다. 무엇보다 웃는 얼굴로 저런 말 안 하면 좋겠다. 무섭다.

데미안 역시 믿을 수 없었다.

'이게 인간들의 힘?'

그는 오해했다. 모든 인간이 이런 힘을 가지고 있는 건 아니다.

'인간은 어쩌면 엄청나게 무서운 종족일지도 모른다.'

그는 너무 강한 인간들만 봤다. 이건 오해다. 대부분의 인간은 한주혁 일행 같지 않다.

'무력은 약하지만······.'

각자의 분업을 통하여 마족들보다도 더 강력한 힘을 낼 수도 있다. 그는 가능성을 봤다.

비록 힘은 약할지라도. 인간은 무서운 종족이었다. 그걸 인정할 수밖에 없었다. 그는 '인간'이라는 종족에 대해 굉장한 오해를 하게 됐다.

한편, 한주혁이 '태초의 힘'을 가지고 워프 포탈에 접근하자 워프 포탈이 황금빛을 뿜어냈다.

-축하합니다!

-워프 포탈을 활성화하였습니다!

그렇게 약 11시간이 지났을 때. 결국 지도상에 나타나 있는 모든 워프 포탈을 활성화하는 데 성공했다. 이주랑은 결국 멀찍이 떨어져서 '우웩!' 하고서 몇 번이나 토를 했다. 한주혁을 대신해서 한세아가 이주랑의 등을 토닥여 주었다.

"오빠를 대신해서 사과할게요. 고생했어요, 언니."

"아닙니다. 저도 응당 해야 할 일…… 우웨에엑!"

한세아는 이주랑의 등을 토닥여 주고, 이주랑은 계속해서 토를 하고 있는 그 시점에 새로운 알림이 들려왔다.

-대단합니다!

-'?' 대륙의 워프 포탈이 모두 연결되었습니다.

-'?' 대륙 전역에 '태초의 힘'이 흩뿌려졌습니다.

-'?' 대륙이 생명력을 갖기 시작합니다.

쿠구구구구구궁-!

땅이 울렸다. 하늘에서는 황금빛이 번쩍 터져 나왔다. 7개의 태양이 떠올랐다.

루펜달이 두 팔을 들어 올렸다.

"형렐루야! 형멘! 형은이 망극할지어다!"

7개의 태양에서 7개의 칠색찬란한 빛이 대륙을 내리쬐었다. 그와 난데없는 축하 알림이 들려왔다.

-축하합니다!

-퀘스트가 클리어되었습니다.

-'?' 대륙에 이름이 부여됩니다.

한주혁이 고개를 갸웃했다.

'응?'

갑자기 웬 퀘스트 클리어. 지금 나는 이름을 부여하는 퀘스트를 클리어한 게 아닌데.

알림이 이어졌다. 대륙의 이름을 짓는 퀘스트. 그 퀘스트가 낳은 파장은 어마어마했다.

3충성이 입을 쩍 벌렸다.

"헐. 이거 실화임?"

5장
이것이 절대악의 위엄

한주혁에게 알림이 들려왔다.

-'?' 대륙에 이름이 부여됩니다.
-'?' 대륙의 이름이 '형렐루야 형멘. 형은이 망극할지어다' 대륙으로 지정됩니다.

이 알림은 한주혁만 들은 게 아니었다. 한주혁뿐만 아니라 이곳에 있는 모든 이들이 같은 알림을 들었다.
"헐. 이거 실화임?"
3충성은 황당했다. 뭔 놈의 대륙 이름이 저래. 애초에 저걸 대륙 이름이라고 할 수 있는 건가.
'타이밍이 엄청났던 것 같다.'

타이밍이 아주 묘하게 겹쳐서, 누군가가 대륙의 이름을 말해야 하는 그 시점에 루펜달이 외쳐서 이렇게 된 것 같다.

'내가 보기에 절대악은……'

그 스스로의 냉철한 판단력과 이성으로 살펴보면 절대악은 '헝렐루야'라든가 '헝멘'이라든가. 그런 말을 그다지 좋아하지는 않는다. 아주 싫어하는 것도 아니지만 굳이 따지자면 싫어하는 축에 속한다.

그걸 아는지 루펜달의 얼굴이 사색이 됐다.

'미친!'

나는 그저 신앙심을 표출했을 뿐인데.

"혀, 형님. 이건 제 잘못이 아닙니다."

아까의 모습이 떠올랐다. 워프 마스터 이주랑을 보며, 웃는 얼굴로 '그럼 이제 죽을래요?' 하고 물어보던 그 얼굴. 웃고 있지만 사악하기 그지없는 형느님의 얼굴. 그런데 그 얼굴에서 미소마저 사라지면 어떻게 되겠는가.

설상가상으로 알림이 더 이어졌다.

-대륙의 이름을 부여한 플레이어에게 특전이 부여됩니다.

루펜달이 외쳤다.

"아니야! 이건 아니라고!"

이건 정말 아니었다.

"나는 그저 주인의 밥상머리에서 떨어지는 밥풀이면 족하단 말이다!"

듣고 있냐! 이 빌어먹을 제우스야! 나는 특전 따위 필요 없다고! 이 특전은 오로지 형님께 가야 하……

'아……'

망했다.

'앱솔루트 네크로맨서도 화난 거 같다.'

앱솔루트 네크로맨서. 겉보기에는 너무나 예쁘고 아름답기만 해서, 그런 주제에 상큼하기까지 해서 그다지 위협적으로 보이지 않지만 저건 어디까지나 겉모습이다.

앱솔루트 네크로맨서는 평소에 온화한 편이지만 온화하지 않을 때가 있다. 바로 남자 친구인 한주혁이 욕을 먹을 때. 혹은 한주혁이 불합리한 상황에 처했을 때다.

'이건 마치……'

한 플레이어가 보스몹을 아주 힘들게 때려잡았는데 중간에 끼어든 듣보잡이 막타를 때려 보상을 훔쳐간 것 같은, 그런 상황 아니겠는가.

'아. 이건 아닌데. 진짜 아닌데.'

차라리 그냥 죽을까?

'그러면 특전이 안 주어질까?'

생각하자. 생각하자 루펜달. 나는 형느님의 은총이면 족하다. 보상 따윈 필요 없다.

"보상이 필요 없다! 주지 마라! 주지 말란 말이다!"

보상이 떨어지는 순간, 앱솔루트 네크로맨서가 이끄는 죽음의 꽃순이와 죽음의 벌레 군단이 자신의 몸을 갉아먹을 것 같다. 루펜달은 필사적으로 외쳤다.

다행히 알림이 이어졌다.

-대륙의 개방 시간이 도달하지 않았습니다.
-단 1회에 한하여 대륙의 이름을 변경할 수 있습니다.
-이름 변경 시에는 필드 구성원 전원의 동의가 필요합니다.
-이름 변경 시, 이름을 변경한 플레이어에게 보상이 주어집니다.

루펜달은 안도의 한숨을 내쉬었다. 딱 한 번. 변경이 가능하다고 했다.

'그래. 이게 낫지.'

특전 따위 필요 없다. 그는 입을 다물었다. 혹시 괜히 다른 말이라도 꺼냈다가 또 운 없게 특전을 받으면 어떡한단 말인가.

한주혁은 어이가 없어 웃고 말았다.

'이름 변경이 가능하기는 가능한데······.'

임의 변경은 불가능하단다. 플레이어의 이름을 따서 대륙을 만들 수 있단다.

'흠.'

그래도 나쁘지 않다.

'그래. 뭐. 아서 대륙 정도면 나쁘지 않지.'

당연히 이곳의 모든 이가 이름 변경에 동의했다.

-새로운 대륙의 이름이 확정되었습니다.

-새로운 대륙의 이름은 '아서 대륙'입니다.

플레이어 최초로, 아니 역사가 기록된 이래로 처음으로 대류이 창조되었다.

-대륙 이름 부여에 대한 보상이 주어집니다.

그런데 그냥 보상이 주어지지 않았다. 루펜달에게 보상이 주어질 때와는 달랐다.

-대군주의 칭호를 확인합니다.

-시스템이 보상을 산정합니다.

-약간의 시간이 소요됩니다.

그 보상을 들은 3충성은 아까와는 다른 의미로 놀랐다. 아까는 너무 황당해서 놀랐다면, 지금은 황당하지 않았다. 오히려 기대가 됐다.

'대군주?'

다른 사람은 불가능한 칭호. 오로지 절대악만이 가지고 있는 칭호. 70억 명 중 단 한 명만이 가지고 있는 칭호다.

저 칭호를 확인했다. 시스템이 말이다. 그렇다면 저 칭호와 상당히 관련이 있는 특전이 주어질 텐데.

'뭐지?'

무슨 보상이지. 3충성이 궁금해하고 있을 무렵. 시스템은 특전과는 다른 보상 알림을 내보냈다.

-새로운 대륙이 창조되었습니다.
-새로운 대륙 창조 공용 특전이 먼저 주어집니다.

공용 특전. 한주혁뿐만 아니라 모든 이에게 적용되는 특전. 말하자면 오픈 보너스 같은 특전이 주어졌다.

-1년 동안 '아서 대륙'에서 획득되는 경험치가 +20%만큼 추가 산정됩니다.
-1년 동안 '아서 대륙'에서 획득되는 골드가 +20% 추가 산정됩니다.

3충성이 고개를 번쩍 들어 올렸다.

'경험치에 골드 획득 추가?'

이건 말 그대로 공용 특전이다.

-경험치 +20%/골드 +20%는 '아서 대륙'에서 플레이하는 모든 플레이어에게 해당됩니다.

모든 플레이어가 이러한 보상을 받는다.

'와. 이거 대박이다.'

경험치를 20퍼센트 더 받는다?

그러면 시간을 20퍼센트 줄일 수 있다는 얘기다. 돈 주고도 살 수 없는 시간을 사는 셈이 된다. 3충성은 알고 있다. 경험치 +20% 특전이 얼마나 좋은 보상인지. 그런데 이게 끝이 아니지 않은가.

'골드까지 추가로 받는다면……'

이곳은 말 그대로.

'기회의 땅이 되는 거다.'

새로운 대륙. 이곳 아서 대륙은 플레이어들이 꿈꾸는 기회의 땅이 될 것이다.

알림은 거기서 그치지 않았다.

-모든 플레이어의 동의를 확인합니다.

-이름 부여에 대한 특전 산정이 완료되었습니다.

-아서 님에게 '초대' 권능이 주어집니다.

한세아가 고개를 갸웃했다. 초대 권능? 그런 권능도 있었나? 호기심 왕성한 그녀답게. 재빠르게 물었다.

"오빠. 초대 권능이 뭐야?"

"잠시만."

한주혁이 초대 권능에 대하여 살펴봤다.

<초대>

아서 대륙에 한하여 입장 권한을 부여할 수 있습니다. 기본적으로 아서 대륙의 입장은 한국 국적의 플레이어들만이 가능한 상황입니다. 대륙의 창조자인 아서 님은 한국 국적 외의 플레이어들을 지명하여 입장 권한을 부여할 수 있습니다. 또한 반대로 한국 국적의 플레이어라 할지라도 입장을 제한하거나 추방할 수 있습니다. 초대 권능은 횟수의 제한이나 M/P의 제한이 없으며 플레이어의 임의대로 사용 가능한 권능입니다.

한주혁이 간략하게 설명했다.

"응. 마음에 안 드는 애들은 여기서 쫓아낼 수 있고 마음에 드는 애들은 불러올 수 있대."

한 가지 설명을 덧붙였다.

"아참. 입장 가능 디폴트값은 한국 국적이네."

3충성이 고개를 끄덕였다.

"이 조건은 대부분 예상했던 조건입니다. 센티니아. 루니아.

그리고 아서까지. 이제 한국 플레이어들은 3개의 대륙에서 플레이가 가능해지겠군요."

어쩌면 한국의 역사 자체를 뒤바꾸어 버릴 수도 있는 거대한 발견이라 할 수 있다.

'정말…… 아주 만약에라도……'

만약 파이라 대륙처럼 몬스터 스톤이 콸콸 쏟아져 나오는 광산이라도 발견한다면?

'그런 곳이 있다면……'

한국은 강대국에 둘러싸여 있는 불리한 지정학적 위치를 오히려 강점으로 활용할 수 있을 거다. 이곳은 미지의 땅. 기회의 땅이다.

'한국의 위상은 완전히 달라질 거야.'

그는 벌써부터 손가락이 근질근질했다. 이러한 사실. 새로운 대륙 개척이 한국과 국제사회에 어떠한 영향을 끼칠지.

수많은 가정들이 머릿속을 헤집었다. 당장에라도 인터넷 논객으로 되돌아가 수많은 글을 쓰고 싶었다.

이미 알고 있었지만.

'절대악은 정말로 역사를 스스로 써내려가고 있구나.'

후대 사람들이 역사책을 읽는다면 절대악의 이름은 끊임없이 등장하게 될 거다. 상식과 역사를 뒤바꾼 인물로.

그렇게 '?' 대륙이 만들어진 이후로 24시간이 흘렀다. 이제는 '아서'라는 이름이 붙은 그곳의 입장제한 조건이 풀렸다.

그 사실이 올림푸스 전체 알림으로 들려왔다.

-아서 대륙의 창조가 완료되었습니다.

-아서 대륙에 입장이 가능합니다.

-아서 대륙으로의 입장은 대륙 전역에 위치하고 있는 워프 포탈로 가능합니다.

세계가 집중했다.

-플레이어의 이름을 딴 최초의 대륙!

-아서 대륙! 그곳은 기회의 땅인가!

-인류가 새로이 개척한 최초의 필드!

각 나라의 언어로. 언어는 조금씩 달랐지만 내용은 그다지 다르지 않았다. 인류 역사상 이런 적이 없었다. 대륙이 만들어진 것도 처음인데, 심지어 그 대륙이 플레이어의 이름을 따서 만들어졌다.

아서 대륙의 탄생은 전 세계에서 가장 핫한 이슈였다. 어딜 가도 한주혁에 대한 얘기뿐일 정도였다.

"최초라는 말이 너무 많아서 이제는 새롭지도 않을 정도야."

"나도 그 말에 동의하지만……. 이번에는 스케일이 남달랐 잖아?"

"그건 그래."

'최초' 타이틀이 너무 많다. 상식을 파괴한 적이 너무 많아서 그렇다. 그러나 이번 스케일은 정말 상상을 초월했다. 플레이 어의 이름을 딴 대륙이 창조되다니. 누가 이런 걸 상상이나 했 겠는가.

미국 백악관에도 비상이 걸렸다. 대통령이 황급히 어벤져스 의 연합장 캡틴을 불렀다.

"절대악에게 특별한 권능이 있다고 들었네."

"그렇습니다. 초대라는 권능입니다."

이 사실을 JTBN과 3층성이라는 인터넷 논객을 통해 전파 했다.

"한국 국적이 아닌 자도 그곳에 들어갈 수 있으며……. 심지 어 한국 국적이라 할지라도 쫓아낼 수 있는 권능입니다."

캡틴은 다행이라고 생각했다.

"다행한 것은 저희가 절대악과 매우 좋은 관계를 유지하고 있다는 것입니다."

얼마나 다행이란 말인가.

어차피 절대악을 힘으로 굴복시킬 수는 없다. 만약 이 세계 에 미국과 한국만 있었다면 가능할지도 모르지만 중국과 러시아까지도 버티고 있다.

거기에 EU를 대표하는 마법 연합까지도 절대악과 친분을 쌓고 있지 않은가. 결국 세계 강대국들이 서로를 견제하면서, 절대악에게 그 어떠한 무력을 행사할 수는 없다. 이미 이 시점에서 절대악은 절대적인 갑의 위치에 놓인 상황.

"저희 역시 입장을 허락받을 수 있을 것입니다."

새로운 대륙. 기회의 땅.

"새로운 기회를 잡을 수 있을 것입니다."

게다가 기본적으로 경험치와 골드 추가 산정까지 된다고 했다. 절대 놓칠 수 없지 않은가.

그럴 가능성은 희박하지만 만약에라도 광산이라도 나온다면? 수익성이 매우 높은, 혹은 인류에게 큰 도움이 될 법한 어떠한 아이템이 등장한다면?

"예전에는 매우 유익한 아이템이 등장만으로는 그 파급력이 크지 않았습니다."

하지만 지금은 어떤가?

"아이템 전송소로 인해 이제는 아이템이 등장했다는 것만으로도 굉장한 파괴력을 가집니다."

이게 절대악이 가진 힘이다.

"지금 당장 절대악의 대저택으로 찾아가 좋은 이야기를 나누고 돌아오겠습니다."

대통령이 고개를 저었다.

"아니. 내가 직접 가야겠어."

그는 정치적으로 계산했다. 미국과 절대악이 이 정도로 친하다. 미국과 절대악은 이렇게 훌륭한 관계를 유지하고 있다. 이것을 선전할 수 있다면 미국에게도 좋다. 대통령은 그렇게 판단했다.

"당장 강재명 비서실장에게 연락을 넣도록. 최대한 정중하게. 급작스러운 방문일정이니 스케줄은 이쪽에서 최대한 맞추는 것으로."

이것은 중국과 러시아. 그리고 EU 역시 마찬가지였다. 4대의 비행기가 한국으로 항로를 잡았다.

비슷한 시각. 또다시 놀라운 소식이 전 세계를 강타했다.

미국. 중국. 러시아. EU.

미국의 대통령. 중국의 주석. 그리고 유럽 연합의 연합장까지. 각자 자신이 할 수 있는 최선의 빠르기로 비행기에 올라탔다. 그들의 목적지는 일단 한국. 그들은 한국의 대통령 권한대행이 저질렀던 실수를 반복하지 않기로 했다.

일단 한국에 가기는 가되, 절대악의 스케줄에 맞추겠다고 했다. 예정에 없던 갑작스러운 방문이었으니까.

다만, 한 명은 조금 늦었다.

"대통령님께서 직접 가시는 게 모양새가 좋을 듯합니다."

러시아의 대통령 페르게이는 원래 검객 연합의 호크를 특사로 파견하려고 했다. 미국에 어벤져스가 있다면 러시아에는 검객이 있고, 미국에 캡틴이 있다면 러시아에는 호크가 있으니까. 검객 연합의 호크는 절대악과 적당한 친분관계도 유지하고 있던 상황 아닌가.

"대통령과 주석이 움직일 줄이야."

게다가 유럽 연합의 연합장까지. 페르게이의 비서실장이 보고를 올렸다.

"국무회의가 내정되어 있습니다만……."

"어쩔 수 없지."

국무회의를 일단 미루기로 했다. 지금은 타이밍이 중요하다. 미국과 중국이 먼저 재빠르게 움직였다. 각국의 수장이 먼저 방문했다.

이런 상황인데 러시아만 가만히 있는다? 자신의 인기에 직접적인 타격이 올 수도 있다. 지금의 절대악은 권력이 없다 뿐이지만 전 세계적인 영웅이자 스타였으니까.

"스케줄을 전면 수정하도록. 나도 이동한다."

누구도 페르게이를 말리지 않았다. 그들도 같은 생각이었다.

"알겠습니다!"

급기야는 러시아의 대통령까지 비행기를 탔다. 다른 국가들의 수장들 역시 눈치를 살폈다.

"우리가 가도 될까?"

"미국 대통령과 중국 주석. 유럽 연합 연합장. 러시아 대통령 정도는 되어야 낄 수 있는 거 아닐까?"

절대악쯤 되면 저 정도 위치에 있는 사람은 되어야 겨우 만나주는 거 아닐까 하는, 그러한 합리적인 의심과 판단이 섰다. 덕분에 수많은 사람들이 대책 없이 찾아오지는 않았다. 스스로의 컷. 말하자면 셀프컷을 만들어서 절대악에게 찾아오지 못했다.

사실상 한주혁이 '너는 오고 너는 오지 마'라고 말하지는 않았다. 아서 대륙에서처럼, 한주혁이 현실에서 '초대 권능'을 갖고 있는 것도 아니다. 그러나 마치 초대 권능을 가지고 있는 것처럼. 특정한 위치에 있는 높은 몇몇만 한주혁을 찾아왔다.

세계 초강대국들의(비록 EU는 하나의 국가는 아닐지라도) 수장들이 절대악의 대저택을 찾았다. 기자들이 미친 듯이 몰려들었다. 한국으로 관심이 쏠렸다.

-급작스레 성사된 5자 회담.
-이것이 절대악의 위엄인가.

보통 한자리에 이 정도 인물들이 모이기는 쉽지 않다. 애초에 년 단위로 계획을 짜고 스케줄을 조정하여 '회담' 혹은 '회의'라는 이름으로 진행이 된다. 그런데 이번에는 아니었다. 절대악이 새로운 대륙을 만듦과 동시에 각국 정상들이 움직였다.

미국 대통령은 생각했다.

'단독 회담이 좋긴 하겠는데……'

단독 회담이 가장 좋다. 그러나 절대악도 시간적으로 여유가 그렇게 많지 않단다.

'갑작스러운 만남을 수용해 준 것만으로도 고마운 상황인가.'

지금은 그렇다. 절대악도 새로운 대륙인 아서 대륙을 어서 탐방하고 싶을 것 아닌가.

'그래도 저들보다 우리가 훨씬 더 우위에 있지.'

한주혁은 시르티안의 조언을 받아들여 제한된 정보만 풀었다. 시르티안이 이렇게 얘기했다.

"초대권능이 있다는 사실은 반드시 밝혀야 할 것입니다. 바깥 세계에는 매스컴이라는 시스템이 있으니 그리 어렵지 않겠지요. JTBN을 통한다면 정보를 뿌리기는 쉬울 것입니다."

다만.

"초대 권능 사용에 제한이 없다는 사실은 밝히지 않으시는 것이 좋을 것 같습니다."

말하자면 '초대 권능'에 사용 제한이 있는 것 같은 뉘앙스를 풍기라는 얘기였다.

"그러면 새로운 대륙에 목마른, 그리고 절대악과의 친분관계를 과시하고 싶은 강자들이 줄을 대올 것입니다. 먹음직스러운 먹이를 가지고서 말입니다."

시르티안의 말이 맞았다.

'역시.'

똑똑한 놈을 부하로 두고 있으면 이래서 좋다. 그의 예측에 따라, 세계 열강의 수장들이 하루가 멀다 하고 이곳까지 달려오지 않았는가.

절대악 열풍은 이제 절대악 열풍이 아니라 절대악 태풍 혹은 절대악 폭풍이 되어 한반도에 몰아쳤다.

-갑작스레 성사된 5자 회담!

이것을 5자 회담이라고 할 수 있을런지는 모르겠지만 어쨌든 결과적으로는 5자 회담이 됐다. 미국. 중국. 러시아. EU. 그리고 한국까지.

-한국 대통령의 부재!
-한국 대통령 권한대행은 초대받지 못해.

사실 한주혁은 별로 생각이 없었다. 권한대행을 초대할 생각도 없었고 초대하지 않을 생각도 없었다. 그냥 아무런 생각도 없다는 게 맞았다. 그러나 사람들은 그렇게 해석하지 않았다.

3충성이 인터넷 논객으로 칭송 아닌 칭송을 받자, 그와 비슷한 인터넷 논객들이 모습을 많이 드러냈다.

-절대악은 현재 권한대행을 대통령 권한대행으로 인정하지 않는 것임.

-절대악은 권한대행을 비롯한 그 출신, 지지세력까지 전부 대통령으로 인정하지 않겠다는 것을 보여줌.

-권한대행파는 이미 망했음.

사실 이것은 5자 회담도 아니고, 그냥 각국 수장들이 절대악님 저 좀 한 번 만나주세요 하고 달려온 것에 불과했지만 어쨌든 세상 사람들이 보기에는 그랬다.

-이번 선거에 있어서 엄청난 폭풍을 일으킬 만한 대목임.

흔히들 말하곤 했다. 절대악이 말하면 한국의 대통령이 바뀔 거라고. 그런데 그게 아무래도 우스갯소리가 아닌 모양이었다.

-권한대행에 반대되는 포지션의 정당 쪽 후보들이 반사이익 엄청 얻겠네.

굳이 분류를 해보자면, 사람들은 이렇게 분류했다. 권한대행 쪽은 보수라고. 출신도 보수로 분류되는 당 출신이었다.

-진보정당이 득세할 확률이 매우 큼.

-진보고 보수고 그딴 건 아무래도 중요하지 않음.

사실 진보나 보수나. 그런 건 그다지 중요하지 않았다.

-절대악이 지지하느냐, 지지하지 않느냐에 따라 대통령이 바뀜. 이것이
팩트임.

지금 상황을 보라. 역대 한국 대통령들보다도 더욱 강력한
외교적 영향력을 발휘하고 있지 않은가. 절대악 혼자서 말이
다. 이쯤 되면 대통령이 아니지만 대통령보다 더욱 강력한 한
국의 지도자라고 표현할 수 있는 것 아니겠는가.

한편, 절대악 대저택의 응접실에 모인 이들은 또 다른 사람
까지 발견할 수 있었다.

'저 사람은 파이라 대륙의…… 란돌 왕자?'

세계 정세에 적극적으로 개입하지는 않지만 마음먹고 개입
하면 세계를 뒤흔들 수 있다고 알려진 인물 중 한 명이다. 란
돌 왕자.

페르게이는 황당했다.

'란돌 왕자까지 있으면……'

그냥 전 세계의 리더들이 한자리에 모였다고 해도 과언이 아
니다. 공식 석상도 아니고. 한 개인의 응접실에 말이다.

미국 대통령이 먼저 입을 열었다.

"이렇게 실제로 만나 뵙게 되어 영광입니다. 미국은 세계의 영웅을 존중하고 존경합니다."

원활한 의사소통을 위하여 최고의 통역사까지 데려왔다. 이 정도면 빠르게 준비한 것치고 꽤 괜찮지 않은가.

미국 대통령은 확신했다.

'내 제안까지 들어보면…… 절대악도 꽤 솔깃할 것이다!'

빈손으로 오지 않았다. 새로운 대륙 입장권을 얻을 수 있다면, 그리고 미국과 절대악의 우호적인 관계를 세계에 알릴 수 있다면, 그것은 미국에게도 큰 이득이 된다. 그리고 당장 자신에게도 큰 도움이 된다. 친절대악 노선을 타면서 미국 내 자신의 입지도 훨씬 단단해지지 않았던가.

한편, 중국 주석은 미국 대통령을 속으로 비웃었다.

'언제까지 그렇게 낡게 살 텐가?'

지금은 파괴되었지만 어쨌든 최초의 아이템 전송소는 중국에 설립되었었다. 그곳을 통해 하나의 아이템을 옮겨왔다. '해석의 돌'이라는 것이다. 마치 이곳이 올림푸스인 것처럼. 올림푸스에서처럼 자연스럽게 다른 언어로도 의사소통이 가능하게 만들어주는 소모성 아이템.

"이번에 정말 큰 영광을 이룩하셨더군요. 축하드립니다. 중국도 절대악을 언제나 응원합니다."

유럽 연합의 연합장은 저들과는 약간 다른 방식으로 접근했다.

"이번 새로운 대륙에서도 역시 저희들은 긴밀한 협조를 통하여 훌륭한 성과를 이뤄낼 수 있을 것입니다."

유럽 연합은 유럽 국가들의 연합체. 그곳에서도 가장 유명한 집단을 꼽아보자면 역시 마법 연합이다. 마법 연합은 워프 포탈 개설에 타의 추종을 불허하는 노하우를 가지고 있다.

한주혁도 이미 여러 차례 거래를 하지 않았던가.

한주혁도 고개를 끄덕였다.

"맞습니다. 마법 연합의 워프 포탈 노하우는 저희에게도 큰 도움이 되죠."

한편, 페르게이는 순간 당황했다.

'우린……. 그다지 준비한 것이 없는데.'

뭐랄까. 준비 자체가 중요한 건 아니지만 이거 뭔가 좀 안 좋게 됐다. 멘트라도 준비해 올걸. 어떡하지? 뭘 줘야 하지? 뭘로 딜을 걸지?

'아.'

그러고 보니 최근 한국과 진행해 오다가 갑작스러운 대통령 탄핵으로 멈춰진 프로젝트가 있다.

"한국에 이토록 훌륭한 지도자가 있으니……. 조만간 천연가스와 관련한 조약을 매우 긍정적으로 검토할 수 있는 기회가 되는 것 아니겠습니까!"

한주혁은 순간 고개를 갸웃했다. 그는 세계의 영웅이지만 한국의 대통령은 아니다. 천연가스와 관련된 조약? 그런 거 모른다.

페르게이는 안달 났다.

'접근이 잘못된 모양이다……!'

그렇다면.

"한국과 러시아. 양국에 매우 커다란 이득을 가져올 수 있을 것입니다!"

"그렇군요. 좋은 말씀 감사합니다."

페르게이는 일단 한숨 돌렸다. 그렇게 회의 아닌 회의가 진행되었다. 원래는 각국 정상이 절대악에게 입장권을 얻을 겸, 친분을 쌓을 겸 찾아온 건데 국제회의 비슷한 내용들이 오고 갔다.

이들은 각기 다른 모습으로 대저택을 향해 날아오기는 했지만 한 가지는 똑같았다. 결국 저들은 전부 새로운 대륙으로의 입장을 원하고 있었다.

그것을 통하여 대통령은 대통령 나름대로 국민의 지지와 신망을 얻으며, 새로운 기회를 잡을 수 있다는 장점이 있다.

한주혁이 말했다.

"좋습니다."

어차피 초대 권능은 무한대로 사용할 수 있다. 원하는 사람은 누구든지 입장시킬 수 있다.

"여러분들과의 우호적인 관계는 저에게도 굉장히 기쁜 일이군요."

덕분에 태르민 일가가 현실에서 섣불리 움직이지 못하고 있지 않은가. 세계 정상들의 비호가 없었다면 한주혁에게도 어떤 마수가 뻗쳐왔을지 모를 일이다. 이쯤 되니 태르민 일가가 이제는 두렵지도 않을 정도지만.

한주혁이 말했다.

"그러나 이 권능을 제 마음대로 아무렇게나 사용할 수는 없습니다."

아니다. 마음대로 사용할 수 있다.

"각국 국적의 플레이어들. 각각 1,000명 정도를 선발하여 입장시킬 수 있도록 하겠습니다."

수장들은 납득했다. 무려 1,000명이 새로운 대륙으로 들어간다. 절대악의 방침상, 일단 들어가기만 하면 그다지 터치를 하지 않을 터.

각국 엘리트 1,000명이 새로운 대륙에서 +20퍼센트의 버프를 받으며 초고속 성장을 할 수 있다. 새로운 대륙이니 새로운 퀘스트, 새로운 던전, 새로운 업적도 많을 것이다.

한주혁은 각국 수장들을 둘러봤다. 한주혁은 그다지 안달나지 않았다. 안달 난 사람들은 이 사람들이다. 대통령들.

'미끼를 물 때가 됐는데.'

결국 미끼를 물었다. 입을 연 사람은 미국 대통령이었다.

"혹시 1,000명이……. 한계인 것입니까?"

한계라는 말을 듣지 못했다. 절대악은 방금 그냥 대충 아무렇게나 '1,000명씩 입장시키겠다'라고 말했다. 굉장히 쉬운 어투로. 여지를 줬다. 일부러 준 것 같다. 미국 대통령은 눈치가 빨랐고 그것을 가장 먼저 캐치했다.

"한계는 아닙니다만……."

약간의 여유가 있다는 듯한 뉘앙스를 풍겼다. 사실 한계 따위 없다. 미국 대통령이 주위를 둘러보고서 말했다. 아무리 미국 대통령이어도 이들의 눈치를 살필 수밖에 없었다.

"우리는 모두 같은 선상에 있습니다."

1,000명이라는 같은 선상.

"같은 입장. 같은 자리. 이곳에서 우위를 차지하기 위해서는 특별한 거래가 필요하겠지요. 서로가 윈윈할 수 있는 거래 말입니다. 그래서 저는 제안을 하려고 합니다."

1,000명. 물론 많은 숫자다. 하지만 만약 더욱 많은 숫자를 할당받는다면?

자신의 외교력이 인정받을 수 있는 것이고 미국 내에서 자신의 인기가 훨씬 더 높아질 것이다. 절대악과의 관계가 그렇게 중요하다. 딱 한 명. 딱 한 명만 더 받더라도, '미국 시민님들! 우리가 절대악과 이렇게 친합니다!'를 어필할 수 있는 것 아니겠는가.

한주혁이 속으로나마 씨익 웃었다.

'됐다.'

그래. 미국아. 너네 대단하잖아. 뭔가 좀 좋은 것을 선물해 주렴. 나는 성좌랑도 싸워야 하고, 제국이랑도 싸워야 하고, 새로운 대륙도 발전시켜야 하거든. 심지어는 마계랑도 어떻게 해야 할 거 같아. 그러니까 뭐가 됐든 나에게 유리한 것을 줘 봐. 준비 좀 하자 나도.

이 말은 곧.

"매우 건설적인 제안이겠군요."

라는 말로 전환되었다.

"절대악께서도 분명 좋아하실 얘기입니다. 올림푸스와 관련된 제안입니다."

미국 대통령이 말을 잇기 시작했다. 한주혁도 예상하지 못했던 얘기였다. 역시 세계 초강대국. 미국다웠다. 한주혁의 표정이 좋아지는 것만큼 다른 수장들의 얼굴이 어두워졌다.

특히 페르게이는 표정 관리에 힘써야만 했다.

'발 빠른 새끼들. 벌써 저런 딜을 준비했을 줄이야.'

6장
악마의 저택

　미국 대통령은 이미 절대악에 대한 정보를 굉장히 많이 수집했다. 현시대를 이끌어가는 영웅. 이에 대한 정보 수집은 게을리할 수 없는 거다.

　"절대악께서는 악이나 마 속성 등에 대하여 강력한 상성을 발휘하시지요."

　"그렇습니다."

　굳이 미국이 아니어도, 올림푸스에 관심이 조금이라도 있는 사람이라면 누구나가 아는 사실이다.

　"혹시 악, 마 속성 몬스터들을 많이 잡아야 하는 상황은 없으십니까?"

　"있습니다."

　한주혁이 고개를 끄덕였다.

지금은 우선순위에 밀려 있다. 악, 마 속성 몬스터들을 찾으러 다니기도 힘들고 워낙에 흔치 않은 놈들이라 그 숫자를 채우기도 어려우니까.

'달빛 하모니카.'

달빛 피리와 한 쌍을 이루는 아이템. 달빛 피리를 통해 세니아 던전을 활성화시켰고, 세니아 던전에서 세계 12대 초인의 아이템을 손에 넣었다.

그런 의미에서 보자면 달빛 하모니카 역시 상당히 중요한 퀘스트 아이템이 분명했다.

<달빛 하모니카>

아름다운 달빛의 요정 세니아의 연인. 루폰테가 항시 몸에 지니고 다니며 불었던 하모니카. 루폰테는 이 하모니카로 세니아에게 사랑을 속삭였다. 질투의 여신 쿠로스의 저주로 인하여 세니아의 피리가 망가졌을 때, 하모니카는 더 이상 소리를 낼 수 없게 되었다고 전해진다. 하모니카를 불기 위하여 특별한 조건이 필요하다.

옵션:

1) 루프라 던전 활성화

+상세설명

다만 하모니카를 제대로 활성화시키기 위해서는 제법 까다로운 조건이 붙어 있었다.

<상세설명>

일정한 조건을 만족시킨 뒤 하모니카를 불면 루프라 던전을
활성화시킬 수 있습니다.

조건:

1) 달빛 피리와의 입맞춤.

2) 악/마/흑 속성 제물 1,000개체 델리트 필요. 단, 살아
있는 생명체에 한함.

악/마/흑 속성 몬스터를 발견하기도 힘든데 그걸 무려 1,000개
체나 잡아야 하고, 심지어 델리트를 시켜야 한다고 했다. 한주
혁에게는 이렇다 할 델리트 권능이 없다. 그래서 한참 뒤로 미
뤄놨던 거다.

'하지만…….'

이제는 얘기가 조금 달라졌다. 미국 대통령의 말을 듣고 나
서 말이다.

"카를로스 평야로부터 남쪽으로 200㎞ 떨어진 거리에 새로
운 던전이 생겼습니다. 이 필드는 비밀리에 조사가 이루어지고
있으며 일반 플레이어들의 출입이 철저하게 제한되고 있는 곳
입니다."

EU의 연합장은 속으로 생각했다.

'미국은 마일 단위를 쓸 텐데.'

미국에서 쓰지 않는 단위. 그것을 버리고 한국에서 쓰는 단위로 바꿔서 말했다. 저런 사소한 것 하나하나가 미국이 절대악을 얼마만큼 중요하게 생각하고 있는지 알 수 있는 대목.

'그런 의미에서……'

러시아는 급하게 온 것이 티가 난다. 별생각 없었는데 세계 열강들이 몰려들자 '에라 모르겠다. 일단 오고 보자. 안 오는 것보단 낫겠지' 하고 온 것 같다.

'이번에도 유리한 고지는 미국이 가지겠어.'

절대악에게 아주 잘 보일 것 같다. EU는 이들과는 약간 다른 포지션이다. 절대악에게 당연히 잘 보여야 하고 새로운 기회를 얻어야 하는 게 맞다.

좋은 관계를 터서 블랙 스톤을 확보할 수만 있다면 EU의 위상이 반등할 수 있을 것이다. 그러나 중국, 러시아, 미국과는 약간 다른 상황이다. 지리적으로 멀리 떨어져 있으며 중국, 러시아, 미국 3국과 비교했을 때 한국과 그렇게 긴밀한 관계는 아니다.

'우리는 이 정도로 충분히 만족할 수 있어.'

EU 출신. 엘리트 1,000명의 플레이어들을 엄선하여 아서 대륙에 보낼 수 있게 됐다. 이것만으로도 엄청난 성과라 할 수 있다.

안 그래도 센스 있는 최상급 플레이어들이 기회의 땅에서 더 큰 성장을 할 수 있을 것이고, 그 1,000명의 플레이어들은 이후 유럽을 이끌 지도자로 성장할 수 있을 것이다.

미국 대통령이 말을 이었다.

"새로운 던전의 이름은 악마의 저택입니다."

"악마의 저택이라……."

이름만 들어봐도 이미 악 속성 몬스터가 득실득실할 것 같다.

"출입을 금지하고 있는 이유는 무엇입니까?"

"사망 시. 무조건적인 델리트가 이루어지는 특수 지역이기 때문입니다. 미국의 안타까운 인재들이 그곳에서 델리트 당했습니다."

한주혁이 씨익 웃었다.

"무조건적인 델리트 지역 말입니까?"

이것 참. 나를 위한 필드 아닌가. 나를 위한 던전. 절대악 맞춤 던전. 마치 달빛 하모니카를 활성화시키려고 준비되어 있는 던전. 그런 곳 아닌가!

"다만…… 확인하지 못한 것은 이것이 플레이어에게만 적용되는지, 몬스터에게도 적용되는 것인지는 모르겠습니다. 그곳의 난이도가 워낙에 높은지라 제대로 파악하지 않고 접근하지 않고 있는 상황입니다."

한주혁이 고개를 끄덕였다.

"괜찮습니다."

예전이라면 문제가 됐을 거다. 하지만 이제는 괜찮다.

'성염의 성좌가 있으니까.'

루펜달. 아무리 생각해도 참 도움이 되는 녀석이다. 매지컬 콜렉터일 때도 도움이 많이 됐는데. 1번 성좌로 전직하고 나서는 아주 큰 도움이 된다. 아니, 아직까지는 안 됐는데 앞으로는 많이 될 것 같다.

'악 속성 개체를 사살했을 때. 90퍼센트 확률로 델리트가 이루어지잖아?'

루펜달은 약하다. 한주혁에 비하면 턱없이 연약하다. 아니. 애초에 비빌 수준이 안 된다. 하지만 명색이 1번 성좌인지라 특수한 능력을 갖고 있다.

'만약 몬스터에 델리트 적용이 안 되면 루펜달보고 막타 치라 하면 되지.'

잿빛 마도사와 앱솔루트 네크로맨서를 함께 데려가면 혹시 모를 위협으로부터도 지켜줄 수 있을 것이고.

"매우 위험한 곳입니다. 정확한 난이도를 파악하지 못했습니다."

하지만.

"절대악께는 큰 문제가 되지 않겠지요."

최초의 레벨 300대 몬스터인 문 타이거를 가볍게 가지고 놀았다. 중국의 수많은 영지를 초토화시키고 중국을 국가적 위기로 몰아넣었던 그 강력한 몬스터를 말이다.

'악마의 저택이 아무리 강력한 던전이라고 해도…… 절대악

에게는 식후 운동거리밖에 안 되겠지.'

분명히 그럴 거다. 미국 대통령에게는 그런 믿음이 있었다.

'저런 인재가 미국에서 태어나지 않은 것은 통탄할 일이로구나.'

절대악이 미국에서 태어났다면. 그랬다면 온갖 지원과 혜택을 통해 미국의 영웅으로 키웠을 거다.

사실 그는 한국의 행태를 이해하지 못했었다. 처음에 한국은 절대악을 잡아먹지 못해 안달이지 않았던가. 그의 상식으로는 이해할 수도 없고 이해하고 싶지도 않았던 상황.

'한국의 기득권들은 여전히 절대악과 척을 지고 있어.'

아무래도 건널 수 없는 강을 이미 건넌 상태라 돌이킬 수 없다고 판단하고 있을지도 모른다.

어찌 보면 미국에게는 좋은 것 아니겠는가.

"미국은 절대악의 영원한 우방임을 약속합니다."

국가 대 국가의 약속도 아니고. 국가 대 개인의 약속이 이루어졌다.

미국. 러시아. 중국. EU. 나름대로 모두 성과를 거두었다. 세계의 지도자들이 절대악을 만나고 돌아간 것에 대하여 전 세계가 주목했다.

-미국. 특혜를 입다.

-절대악과 미국의 우호적인 관계를 다시 한번 증명!

그중에서도 미국이 가장 큰 특혜를 받았다. 무려 3,000명이 아서 대륙에 입장할 수 있게 됐다. 이 사건을 통해 미국 대통령은 유례없는 지지를 받게 됐다.

캡틴도 기분이 좋아졌다.

"축하드립니다."

"절대악 효과가 이렇게 클 줄이야."

모든 여론 조사에서 '대통령이 잘하고 있다'가 90퍼센트가 넘어갔다. 불과 1주일 전에 비하여 20퍼센트나 급등했다.

"저도 이 정도일 줄은 몰랐습니다. 놀랍네요."

절대악 효과. 절대악 열풍. 아니, 이것은 절대악 신드롬이라고 해도 무방했다. 대통령의 지지율이 기하급수적으로 높아지고 있지 않은가.

"간만에 대통령 할 맛이 나는군."

이왕에 이렇게 된 거. 사실에 기반한 여론전도 해야 하지 않겠는가.

"절대악이 악마의 저택을 클리어하러 온다는 것도 널리 알려야겠어."

이미 '매우 강력한 몬스터'가 어떤 영향을 끼치는지, 중국을 통해 봤다.

멀리 중국 갈 것도 없다. 카를로스에 나타났던 이프리트만 보더라도, 강력한 몬스터가 엄청나게 위험하다는 것은 모두가 잘 알고 있는 사실.

"물론입니다. 그 위험한 곳을…… 우방인 미국을 위하여 절대악이 오겠군요."

위험한 곳이 맞다. 죽으면 델리트되는 위험한 곳. 악 속성의 던전. 아주 위험하고 무시무시한 곳이다.

분명히 그렇다. 만약 그곳에서 보스몹이라도 튀어나온다면? 미국에도 엄청난 악영향을 끼칠 것이다. 그것을 막기 위해 절대악이 먼저 움직이는 거다. 미국과의 관계를 위하여. 적어도 사람들은 그렇게 알 것이다.

대통령은 기분이 매우 좋아졌다.

'절대악도 좋고. 나도 좋고.'

서로가 윈윈하는 것 아니겠는가. 사람들은 대통령 보고 잘했다고 칭찬할 것이고 그것은 곧 지지율 상승으로 이어진다.

절대악은 절대악이 필요한 몬스터를 잡고 더 성장할 수 있을 것이다.

'아주 좋아.'

대통령이 물었다.

"절대악은 언제쯤 이동하지?"

"3시간 이내로 워프 포탈을 타고 들어올 것입니다."

한주혁의 이름값은 더욱 높아졌다. 아서 대륙을 무료로 개방했기 때문이다. 아서 대륙. 플레이어의 이름을 딴 최초의 대륙. 게다가 20퍼센트의 추가 보상까지 주어지는 엄청난 곳.

한국 국적을 가지고 있다면 누구나가 무료로 들어올 수 있다. 물론, 워프 포탈 사용료는 내야겠지만.

한때나마 절대악을 위험한 세력. 사회 반동분자라고 말하던 사람들도 이제는 이렇게 얘기했다.

"만약 대연합이었다면…… 절대 이렇게 개방하지 않았겠지."

"절대악 만세다."

"이 정도면 누구한테나 평등한 기회가 주어지는 거 아니냐?"

이제는 개천에서 용이 날 수 있는 시대가 도래한 거다. 스스로가 열심히 노력하면 충분히 가능해진 시대. 희망이 보이는 시대. 절대악이 그 발판을 만들어줬다.

"뿐이냐? 절대악이 이번에 중국, 러시아, EU, 미국하고도 엄청 좋은 관계들 텄다며?"

정확하게 발표는 안 되었다. 아마 이 발표는 추후 한국 대통령이 뽑히고 난 뒤 공식적으로 이야기가 오갈 거라는 전망이 지배적이었다.

"잘은 몰라도 러시아는 천연가스와 관련해서, 중국은 대북

제재 관련해서, 미국은 사이드 시스템이랑 지원 관련해서, EU 하고는 새로운 무역 관련해서 한국 쪽으로 엄청 유리하게 얘기를 했나 봐."

"이 정도면 국제 외교관으로 임명해야 하는 거 아니냐?"

절대악 혼자서 대통령이나 외교관들보다 더 대단한 일을 하고 있다. 일각에서는 '절대악을 국회로!'라는 운동을 하고 있을 정도였다.

한편, 절대악은 팬더, 베르디, 룩소를 하나의 그룹으로 묶어서 대륙 탐사를 명했다. 이곳에 어떠한 필드가 있는지. 이익이 많이 나는, 혹은 필수적인 필드가 어디인지.

팬더. 베르디. 룩소 조합이라면 자신의 명령을 잘 받들 수 있을 것이다. 신대륙 탐사는 일단 믿음직스러운 수하들에게 맡겨놓고 한주혁은 워프 포탈로 이동했다. 미국 기반 대륙으로 가기 위해서.

한세아가 물었다.

"오빠. 그런데 데미안은 어디 갔어?"

그 잘생긴 재수탱이. 그렇지만 오빠보다 강할지도 모르는 마족. 어느 순간부터 모습이 보이지 않았다.

"아. 걔는 수련할 장소를 찾는다고 했어."

데미안이 이렇게 얘기했다.

"나는 카르티안의 심장을 씹어 먹을 것이다. 계약 상위 주체여. 나는 이곳에서 힘을 더욱 기를 것이다. 너 역시 더욱 강력해져야 할 것이다. 나와의 계약을 제대로 이행하기 위해서는."

그러고서 하나의 아이템을 건넸다.

"이것은 마족의 뿔이다. 나와의 연락이 필요한 시점에서. 이 뿔을 사용하면 나와 연락을 취할 수 있을 것이고 필요한 상황에서는 나를 불러들일 수도 있을 것이다."

한주혁은 마족의 뿔을 인벤토리에 넣어놓은 상황. 한주혁이 피식 웃었다.

"왜? 잘생긴 애 보고 싶냐?"

한주혁이 보기에도 데미안은 정말 잘생겼다. 여태까지 봤던 모든 남자들 중에서 가장 잘생긴 것 같다.

"아니. 재수탱이라 별로야."

천세송이 빙그레 웃었다. 그리고 한주혁에게 귓속말했다. 시스템을 이용한 귓속말이 아니라, 실제 귓속말이었다. 조용하게 말하고 싶으면 귓말로 하면 되는데 굳이 귓속말했다.

"오빠가 세상에서 제일 제일 잘생겼어요."

루펜달이 아부했다.

"아무리 잘생겼다 할지라도 형님 미만 모든 인간은 잡입니다, 형님. 형님의 후광이 세상에서 가장 빛납……. 형님! 같이 가주십시오!"

한주혁과 한세아. 그리고 루펜달이 워프 포탈을 탔다. 어떤 일이 기다리고 있을지 예상하지 못한 채.

충성충성충성은 이번에 함께하지 못했다. 루펜달과 달리 델리트에 특화된 어떤 능력이 있는 것도 아니고 성좌라서 악 속성에 도움이 되는 것도 아니다. 꼬꼬처럼 여러모로 쓸모가 있는 것도 아니고.

그래서 오늘은 '인내의 매지컬 콜렉터' 충성충성충성이 아니라 인터넷논객이자 자낳괴 충성충성충성으로 활동하기로 했다.

-절대악이 미국으로 향했음. 미국 기밀 던전인 한 곳을 클리어해 주겠다고 함.

거기까지는 이미 매스컴을 통해 발표된 내용.

-어벤져스의 캡틴이 직접 마중을 나왔음.

사실 이것만 보면 그렇게 큰일은 아니다. 누가 마중을 나오든 그게 무슨 상관이란 말인가.

-여태까지 한국의 그 어떤 플레이어라도 이런 대우를 받은 적이 없음. 미국 최강의 연합. 그 연합의 연합장이 직접 나왔음. 의전도 이런 의전이 없음.

의전을 받기는 받았는데.

-심지어 이 의전은 절대악이 요청한 것도 아님.

요청한 것도 아닌데 알아서 최고 수준의 대우와 의전을 저쪽에서 미리 준비하고 있다는 얘기가 된다.

-한국 대통령이 가도 저렇게는 안 해줄 것임.

대통령이 올림푸스에 접속해서 굳이 미국 기반 대륙으로 날아가지는 않겠지만 만약 그렇다고 가정할지라도 어벤져스의 캡틴이 직접 나올 것 같지는 않다.

-이게 바야흐로 한국의 위상임. 억지로 의전을 요구하지도 않았는데 최정상급 국빈의 의전을 받는 클라스. 절대악이 있으면 한국도 덩달아 높아지는 것임. 이것이야말로 국격을 높이는 것 아니겠음?

자낳괴 3충성의 말에 반응을 보인 사람은 '곳간 풍족자 열비람'이었다. 열비람은.

-크. 국뽕에 취한다.

라는 말을 남기며 3층성에게 100만 원을 보내겠다고 말했다.

-국뽕값 100만 원 보내겠음. 고통찔레꽃 대신 국뽕에 취해보자.

같은 시각. 란돌은 서둘러 모니터를 껐다. 강재명 비서실장이 찾아왔기 때문이다.

방 안으로 들어온 강재명은 뭔가 이상함을 느꼈다.

'……뭔가 급하게 끄신 것 같은데.'

모양새로 보아하니.

'야한 동영상이라도 보셨나?'

그렇지 않고서야 저렇게 당황할 수 있단 말인가. 그러고 보니 방 안도 후끈후끈한 것이 열기를 마구 방출한 것 같다.

강재명은 제대로 오해했다.

'이럴 땐 모른 척하는 것이 예의지.'

세계의 거물. 파이라 대륙의 란돌 왕자라 할지라도 야한 동영상을 보는구나. 신기하다면 신기한 일이었다. 제아무리 똑똑한 강재명이라 해도 란돌 왕자가 절대악의 행보를 보며 '국뽕에 취한다'를 외치고 있을 줄은 예상하지 못했다.

수많은 한국인들이 '주모! 여기 국뽕 한 사발 추가요!'를 열렬히 외치고 있는 그 시점에, 정작 당사자인 한주혁은 그다지 별생각이 없었다. 그냥 아. 마중으로 캡틴이 나왔구나. 캡틴 반가워요. 딱 그 정도 느낌이다.

누군가에게는 절대적인 의전이자 엄청난 특혜지만 또 한주혁에게는 그냥 일상이었으니까.

캡틴이 말했다.

"카를로스 부근의 워프 포탈을 통해 이동할 수 있습니다."

"워프 포탈 말고…… 도보로 이동 가능합니까?"

"도보로 이동은 가능합니다. 그러나 거리가 워낙 멀리 떨어져 있어서……. 상당한 시간이 필요합니다."

"꼬꼬로 이동하죠."

캡틴은 고개를 끄덕였다. 절대악이 이렇게 하자는데 '시간이 너무 많이 걸려요. 그냥 워프 포탈 타죠'라고 말할 수는 없지 않은가. 한주혁은 일부러 꼬꼬 위에 올라탔다. 그리고 하늘 위에서 볼 수 있었다.

'풍족하구나.'

한주혁도 들었다. 인터넷상에 '곳간풍족자'라는 자가 있어 엄청난 부를 과시하고 있다고. 그래봤자 가소로울 뿐이다.

'이 넓은 땅의 엄청난 곡식들이…….'

저것들이 한주혁의 소유다. 물론 일부만 한주혁의 것이긴 하지만 일단 좌로 보고 우로 보고 앞을 보고 뒤를 봐도 널리 펼쳐져 있는 곡식의 향연.

'직접 보니 엄청나네.'

대한민국 땅덩어리만큼 커다란 수준의 카를로스 평야다. 꼬꼬로 날고 날고 또 날아도 끝이 보이지 않는, 지평선에 닿아 있는 곡식들의 물결은 마치 바다와도 같았다.

'좋다.'

아주 좋다.

'식량난도 해결했겠다.'

식량난도 해결됐겠다, 이제 군량미 비축을 할 수 있을 것 같다. 지금은 힐스테이가 된 스카이 데블의 은신처를 보면 알 수 있지 않은가.

아무리 센 놈들이 있어도 먹어야 산다. 성좌들은 그렇다 치고 제국과 싸우려면 잘 먹어야 한다. 군량미는 많으면 많을수록 좋다. 루펜달이 후후- 하고 웃었다.

"형님. 이 모든 영광이 형느님의 것입니다."

형님의 뿌듯한 얼굴을 보는 것이 바로 이 루펜달의 행복입니다.

"형렐루야. 형멘."

천세송은 그 순간 조금 이상함을 느꼈다.

'응……?'

이건 뭐라고 얘기할 수 없는 여자의 직감 같은 것이었다.

'이상하네.'

루펜달 씨가 어쩌면 남자가 아니라 여자 아닐까? 하는 기분이 들었다. 뭐랄까. 형렐루야, 형멘을 외치는 루펜달의 눈빛이 약간 그렇게 느껴졌다.

아니면……. 물어보기 조심스럽지만.

'혹시…… 게이……?'

그럴 수도 있겠다 싶었다. 그래서 '형님'에 미친 듯이 집착하며 형렐루야 형멘을 외치는 거 아닐까.

'안 돼. 오빠는 내 거야.'

잘난 남자가 옆에 있으니 이렇게 피곤하다. 남자든 여자든 다 꼬이지 않는가. 예전에는 채송화인지 뭔지 하는 꽃뱀 플레이어도 나타나고, 베르디도 그렇고, 이제는 루펜달까지.

'너무 잘생겨도 문제야.'

사실 이 말을 한세아가 듣는다면 코웃음을 쳤을 거다. 솔직히 우리 오빠가 그렇게 잘생긴 편은 아니잖아. 세송아. 객관적으로 좀 봐. 이렇게 얘기했을 거다.

어쨌든 한주혁 일행은 카를로스 광야를 내질렀다. 꼬꼬가 하늘을 헤치며 날아갈 때. 그 뒤로 바람이 일었고 그 바람에 따라 곡식의 물결이 넘실거렸다.

캡틴이 말했다.

"저 앞쪽입니다. 하늘의 색깔이 서서히 변하는 저곳입니다."

카를로스 광야의 하늘은 굉장히 푸르렀다. 그런데 저만치 앞. 점점 어두워지는 곳이 보였다. 먹구름이 드리워져 있었다.

한주혁이 말했다.

"모두 긴장을 늦추지 마."

델리트의 위험성이 매우 큰 곳이다. 꼬꼬에 탄 채로 이동하자 금방 도착할 수 있었다. 어느새 하늘이 변해 있었다. 먹구름으로 가득 차 있었고 풍요로운 대지 대신, 말라비틀어진 땅이 보였다.

한주혁 일행은 꼬꼬의 등에서 내려 걸어서 이동하기 시작했다.

"필드로 구분되지는 않습니다. 알고 계시겠지만 악마의 저택은 필드가 아닌 던전으로 분류됩니다."

지금 이곳의 땅이 이렇게 변해 있고 하늘에 먹구름이 가득 차 있는 것은, 단순히 이펙트(효과)일 뿐이라는 얘기다.

말라 비틀어진 나무들을 헤집고 걸어갔다. 캡틴이 계속해서 안내했다.

"저희가 트랩들은 이미 해제해 놓았습니다."

말라비틀어진 가시나무들을 헤치고 얼마간 걸었을 때. 눈앞에 거대한 저택이 하나 모습을 드러냈다.

한주혁이 저택을 쳐다봤다.

'크네.'

던전의 규모가 상당해 보였다.

'보통 워프 포탈로 이동하는 경우가 많은데.'

그래서 던전의 규모를 눈으로 봤을 때는 파악하기 어려운 것이 대부분이다. 일단 들어가야 보이는 경우가 많은데 지금은 아니었다.

'대놓고 이렇게 큰 던전이 몇 개나 있었지?'

별로 없었던 것 같다. 그리고 이렇게 큰 던전이 있었음에도 불구하고 세상에 알려지지 않았다는 건, 미국이 그만큼 정보 통제를 제대로 했다는 얘기이기도 했다.

"굉장히 큰 규모군요."

"예. 저희가 입수한 정보에 따르면 이 저택은 총 5층 규모로 되어 있습니다. 층이 높아질수록 강력한 몬스터가 나올 거라 짐작하고 있습니다."

짐작만 하고 있는 이유는 간단하다. 2층에서 모두 몰살당했기 때문입니다. 그중에는 미국의 초엘리트라 할 수 있는 어벤져스 연합원도 있었다.

"1층에는 집사와 하녀라 이름 붙은 인간 형태의 몬스터들이 즐비합니다. 혹시 좀비가 등장하는 영화를 보셨다면 이해하기 쉬우실 텐데…… 그야말로 득실득실합니다."

"……아. 그래요?"

그런데 미국 플레이어들이 뚫고 2층까지 올라갔다면서요? 그럼 됐지 뭐. 들을 필요 있나. 까짓것 그냥 대충 치고 올라가면 되지.

한주혁이 피식 웃었다.

"잘됐네요."

저 던전은 델리트가 디폴트인 던전. 몬스터에게도 해당이 되면 좋겠다. 그러면 달빛 하모니카를 쉽게 활성화시킬 수 있을 텐데.

"저희가 입수한 정보들은 이미 모두 전해 받으신 걸로 알고 있습니다."

시르티안을 통해 보고 받았다. 사실 보고랄 것도 딱히 없었다. 이곳이 워낙 강력한 곳이어서 미국 플레이어들로는 한계가 있었다.

"그렇습니다. 캡틴은 이제 돌아가도 좋습니다. 안내해 주셔서 감사합니다."

"예. 건승을 기원합니다."

캡틴은 내심 다행이라고 생각했다. 지금 안 그래도, 다른 필드에서 어벤져스가 레이드를 뛰고 있다. 절대악이 하필이면 오늘 오는 바람에 잠깐 빠져서 안내를 해줬다.

무려 절대악이 오는데, 아무나 보낼 수는 없는 노릇 아닌가. 한국의 거물이 왔으면 이쪽도 거물이 나가는 게 이치에 맞는 법. 절대악 본인은 그다지 신경 쓰는 것 같지 않지만 그래도 책잡힐 일은 아예 안 하는 게 최고다.

"저는 이만 돌아가 보겠습니다."

그러려고 했는데 그게 마음처럼 쉽지 않았다.

"형님. 뭔가가 접근합니다!"

루펜달이 봤다. 루펜달이 봤는데 한주혁이 못 봤을 리 없다. 무언가가 빠른 속도로 진격해 오고 있었다.

'몬스터?'

몬스터는 아니었다.

'생명체는 아닌데.'

심안을 통해 느껴지는 강력한 마나파동. 생명체는 아니었다. 기운. 그 자체였다.

마치 거대한 문어발이 생명을 갖고 꿈틀거리며 빠른 속도로 다가오는 것 같았다. 검은색 문어발. 여러 갈래로 뻗어진 검은색 기운은 땅을 검은색으로 물들이며 이쪽을 향해 접근했다.

한주혁이 말했다.

"유해한 기운은 아냐."

다만 문제가 있다면, 던전이 급작스레 확장되었다는 거다. 한주혁에게 문제가 아니라 캡틴에게 문제였다.

-특수한 조건이 만족되었습니다.

-악마의 저택이 악마의 대저택으로 승격되었습니다.

-악마의 저택이 악마의 대저택으로 승격됨에 따라 던전의 범위가 급속도로 확장됩니다!

악마의 저택이 갑자기 악마의 대저택으로 승격됐다. 한주혁의 영지들이 확장을 통해 승격된 것처럼. 던전이 승격된 거다.

캡틴은 속으로 생각했다.

'젠장.'

던전이 어떠한 특수한 조건을 만족하여 승격되는 건 가끔 있는 일이다. 흔하지는 않지만 분명 존재하는 일. 그런데 이렇게 대규모의 확장작업이 일어나는 건 처음 본다. 아예 필드 전체를 던전 안으로 귀속시켜 버렸다.

더욱 문제인 것은.

-악마의 대저택의 난이도에 따라 입장제한 레벨이 설정됩니다.
-악마의 대저택의 입장제한 레벨은 400입니다.

입장제한 레벨이 무려 400이라는 얘기였다. 이런 던전. 처음 본다. 역사서에도 기록되지 않았다. 인류가 마주하는 최고 난이도의 던전임에 틀림없었다. 중국의 영지들을 초토화시켰던 문타이거의 레벨이 300대 초반이었다. 그런데 입장제한 레벨이 400이라고?

'진짜냐?'

그래. 뭐 거기까지는 이해할 수 있다. 입장제한 레벨 400. 이건 깨라고 만들어놓은 게 아니다. 그냥 존재하는 것에 의의를 두는 최강의 던전이다. 그런데.

캡틴에게 다소 절망스러운 알림이 들려왔다.

-이미 입장한 플레이어는 클리어 시까지 나갈 수 없습니다.

분명히 밖에 있었는데 던전이 확장되면서 그 영역 안에 들어와 있던 플레이어들은 이미 입장된 플레이어로 설정이 되었다. 클리어할 때까지 나갈 수 없단다.

'여긴…… 클리어 못 하면 그대로 델리트인데.'

캡틴은 반쯤 울고 싶어졌다. 하지만 이내 정신을 차렸다.

'그래. 나는 절대악과 함께하고 있다.'

레벨 400 제한의 기상천외한 던전이라고 해도. 그래도 절대악과 함께 있으면 어떻게든 되지 않을까. '형님. 이 거지 같은 던전을 무릎 꿇리고 형님의 위대함과 근엄함을 던전에 널리 펼쳐 이롭게 하십시오!'라고 속 편한 소리를 해대는 루펜달을 좀 본받을 필요가 있을 것 같았다.

'루펜달은 스트레스를 전혀 받지 않는 모양이군.'

차라리 저게 나은 것 같다. 일단 들어온 것으로 된 이상. 빠져나갈 수는 없으니까. 델리트될 수는 없다. 어떻게든 클리어해야 했다.

캡틴은 하는 수 없이 말했다.

"저도……. 힘을 보태겠습니다."

절대악이 옆에 있으면 약해 보이지만 어쨌든 그 역시 그 대단하다는 미국의 최상급 플레이어다. 그런데 그때. 그는 발견할 수 있었다. 캡틴이 방패를 들어 올렸다.

"……옵니다!"

한주혁도 정면을 주시했다. 분명 그는 밖에 있었는데 저택이 대저택으로 확장되면서 몬스터들이 뛰쳐나오기 시작했다.

'미리 입수했던 정보와는 다른데.'

마족 하녀와 마족 집사라 이름 붙은 몬스터들과 비슷하게 생겼다. 그러나 달랐다. 등에는 찢어진 날개가 자라나 있었고 머리에는 두 개의 뿔이 돋아나 있었다.

'던전이 확장되면서 더 강력해진 것 같네.'

입장 레벨 제한 자체가 무려 400이다. 한주혁이 씨익 웃었다.

'그래. 이 정도는 되어야 재미있지.'

흡사 몬스터 웨이브라고 불러도 좋을 정도로. 엄청난 숫자의 하녀와 집사들이 해일처럼 밀려들고 있었다.

강함과 관계없이 그 기세만으로 천세송이 겁을 집어먹을 정도로 그들의 접근은 빨랐고 기세가 괴이했다. 아까 캡틴의 표현이 정확했다. 마치 굶주린 좀비 떼 같았다.

'가만.'

그런데 뭔가 이상했다.

'이건…… 뭐냐?'

7장
악마의 대저택 1층

　캡틴은 굉장히 긴장했다.

　안 그래도 강력하다고 보고받은 몬스터들이 갑자기 뛰어왔으니까. 캡틴만 긴장한 것이 아니었다.

　천세송과 한세아도 긴장했다. 캡틴이 몬스터들의 강력함 때문에 긴장했다면, 천세송과 한세아는 좀비 떼처럼 달려드는 그 소름 끼치는 모습에 긴장했다.

　한주혁은 거기서 느꼈다.

　'공격 의사가 없다.'

　공격 의사가 전혀 없었다. 이쪽을 향해 엄청난 속도로 달려오고 있기는 했다. 속도가 굉장히 빠른 기형 좀비 떼가 먹이를 노리고 달려드는 것처럼. 기세만 보면 그랬다.

　'오히려…….'

자세히 느껴보니 오히려 이쪽을 공격한다기보다는.

'무엇인가로부터 도망치는 것 같은 느낌인데.'

아니나 다를까. 하녀와 집사라는 몬스터들은 한주혁 일행을 그냥 지나쳐서 도망쳤다.

잔뜩 긴장하고 있던 캡틴은 긴장이 풀렸다.

"어라?"

뭐지? 왜 갑자기 그냥 지나친 거지. 캡틴도 한주혁과 비슷하게 느꼈다.

"무엇인가로부터……. 도망치는 것 같은 모양새였습니다."

한주혁도 고개를 끄덕였다.

"그렇다면 안에 무언가 강력한 것이 있다는 소리가 되겠네요."

기존 1층의 몬스터들인 집사와 하녀들을 공포에 떨게 만들 수 있는 어떠한 존재.

한주혁이 씨익 웃었다.

'악마의 저택이 악마의 대저택으로 승격될 수 있었던 요인과 관련이 있겠어.'

과연. 레벨 400 제한 던전이라더니. 뭔가 있어도 있는 모양이다. 그래. 이래야 게임이 재미있는 것 아니겠는가.

한세아는 오빠의 표정을 읽을 수 있었다.

'저 오빠. 요즘 되게 변태 같단 말이야.'

올림푸스를 너무 쉽게 클리어하고 너무 쉽게 진행해서 그런지. 어려운 것을 보면 좀 즐거워하는 경향을 보이고 있다.

'가질 거 다 가진 사람들이 점점 삶의 낙을 잃고 이상한 것에 손을 대는 거랑 비슷한 건가……?'

그녀는 가끔 본다. 세상 다 가진 것 같은 유명 연예인이 난데없이 마약에 중독되어 체포된다거나, 아주 유명한 사업가가 도박으로 빚더미에 앉는다거나.

사람들은 그럴 때마다 이렇게 얘기했다. 너무 많이 가져서. 이제 어지간한 것으로는 삶의 자극이 되지 않기 때문에. 그래서 마약이나 도박 쪽으로 빠지게 된다고. 그게 자극이 아주 세니까.

'우리 오빠는…….'

도박이나 마약은 아니지만.

'난이도 높은 퀘스트나 몬스터가 나타나면 되게 좋아하는데…….'

이거 좋은 거겠지? 그래. 차라리 마약이나 도박보다는 훨씬 건전하고 좋지 뭐. 성취감도 얻고.

'신기한 건 오빠가 신나서 열심히 클리어하다 보면…….'

참 이상하게도.

'자꾸 세계의 영웅이 되는 괴상한 결과가 튀어나와.'

결과적으로는 항상 그렇게 되고 있지 않은가. 정작 오빠는 별생각 없는데 사람들이 알아서 착각하고 온갖 이유를 만들어서 절대악을 영웅으로 만들어 버린다. 신기한 건 그 이유들이 또 은근히 말이 된다는 것.

'에이. 뭐 어쨌든 좋은 거지.'

한세아는 한주혁의 뒤를 따라 걸었다. 1층의 문을 향해 걸어가는 오빠의 모습이 오늘따라 굉장히 신나 보였다.

악마의 대저택.

그곳의 대문 앞에 섰다. 던전이 확장되면서 한주혁 일행은 이미 던전 안에 들어와 있는 상태. 그중에서도 정원에 위치하고 있었다. 정원 가운데에 위치하고 있는 분수를 지나 오솔길을 따라 걸으니 거대한 문이 하나 보였다.

문에서 목소리가 들려왔다.

-돌아가라. 이곳은 강함만이 존재하는 악마의 대저택. 강하지 않은 자여. 목숨을 잃으리라.

캡틴은 말하고 싶었다.

'그럴 거면 애초에 중도 포기가 가능하도록 만들어놓든지.'

클리어하지 않으면 나갈 수 없는 델리트 필드면서. 돌아가란다. 양아치도 이런 양아치가 없지 않은가.

알림이 들려왔다.

-악마의 대저택은 델리트 필드입니다.

-플레이어 사망 시 무조건적인 델리트가 진행됩니다.

-악마의 대저택 1층에 입장하시겠습니까?

한주혁이 고개를 끄덕였다.

거대한 문. 높이가 약 12미터 정도 되는 문이 양옆으로 입을 벌리기 시작했다. 안쪽은 어두웠다. 아무것도 보이지 않았다. 바깥의 빛이 안쪽으로 새어 들어가기 시작했다.

안쪽에서 이쪽을 향해 바람이 불어왔다. 한주혁은 인상을 찡그렸다.

'피비린내?'

이거. 느낌이 영 안 좋다.

'역겨울 정도군.'

역겨울 정도의 피비린내가 느껴졌다. 비위 약한 사람이 맡는다면 당장에라도 토악질을 해도 이상하지 않을 정도. 후끈한 열기까지 느껴졌다. 굉장히 습한 기운까지 느껴졌다.

'이 습한 기운이…… 피 때문인가?'

보통의 경우 올림푸스에서는 피를 구현하지 않는다. 플레이어나 몬스터가 죽더라도, 보통은 검은 잿더미로 변화한다.

아주 특별한 경우에만 피를 실제로 구현하며 신체가 잘려나가는 것을 표현한다. 다시 말해, 지금 이 상황은 올림푸스에서 일부러 구현하고 있는 특수한 상황이라는 뜻이다.

'여기에도 힌트가 숨어 있나.'

역한 냄새가 나는 것은 사실이지만 한주혁은 금방 적응할 수 있었다. 걱정이 되는 건 동생인 세아와 여자 친구인 세송이. 다행히 둘 다 격한 반응을 보이지는 않았다.

'이 정도 피비린내면…….'

결국 피를 구현했다는 얘기고 안쪽에는 끔찍한 광경이 펼쳐져 있을 확률도 높다.

천세송이 가만히 한주혁의 손을 잡았다. 이번에는 귓말로 얘기했다.

-오빠. 오빠가 무슨 생각하는지 알 것 같아요.

-……그래?

-저도 이거 무슨 냄새인지 알아요.

저 안쪽. 입을 벌리고 있는 저 어두운 곳에.

-아주 끔찍한 광경이 펼쳐져 있을 확률이 높을 것 같아요.

천세송은 한주혁의 손을 한 번 더 세게 잡았다. 걱정하지 말라고. 나도 어엿한 올림푸스 플레이어라고. 그렇게 손으로 얘기하는 듯했다.

-저 보호받기만 하는 어린아이 아니에요. 걱정 마요. 오빠는 오빠 나름대로 플레이를 즐기면 돼요.

천세송이 방긋 웃었다. 괜한 걸로 오빠를 신경 쓰게 만들 수는 없다.

더군다나 입장 레벨 제한이 무려 400에 이르는 초고위급 던전 아닌가. 아무것도 아닌 것에서 여자 친구를 신경 쓰는 건 별거 아니겠지만, 아주 어려운 일을 하고 있는데 거기에 여자 친구를 더 신경 쓰는 건 어렵다.

천세송이 한주혁을 쳐다봤다. 한주혁은 그 눈빛에서 천세송의 마음을 읽을 수 있었다.

'오빠한테 방해 안 될 거예요. 걱정하지 마요.'

한주혁은 천세송의 머리를 한 번 스윽- 쓰다듬은 뒤 안쪽으로 걸음을 옮겼다. 문이 완전히 열렸다.

밖에서 빛이 새어 들어왔다. 그와 동시에 안쪽이 갑자기 밝아졌다.

한주혁은 주위를 둘러봤다.

'젠장.'

인상을 찡그렸다. 이 모습. 유쾌하지 않은 모습이다. 예상은 했는데 끔찍한 지옥도가 펼쳐져 있었다.

팔과 다리가 여기저기 아무렇게나 잘려서 방치되어 있었고 여전히 꿈틀거리고 있는 팔에서는 구더기가 피어올랐다.

'방금 잘린 것 같은데.'

그런데 구더기가 피어오른다? 분명 어떤 특수 능력을 가진 개체가 이곳에 모습을 드러낸 거다. 악마의 저택을 대저택으로 승격시키고 1층의 몬스터들을 밖으로 쫓아낼 수 있는.

'흥미로운 건 아직 공격 활성화가 되지 않았다는 것.'

던전이 제대로 작동하지 않고 있다는 거다. 만약 케르핀의 낙서장이 있었다면 이런 효과 따위 전부 무시하고 박살을 내버렸겠지만 지금은 일단 기다려야 했다.

'뭔가가 진행될 텐데.'

그렇게 생각했을 때. 저만치 앞. 무언가가 모습을 드러냈다. 계단 위였다. 빨간색 카펫이 펼쳐져 있는 계단 위. 그곳에서 그림자 하나가 모습을 드러냈다.

점점 더 모습을 드러낸 그것은 하나의 몬스터였다.

'뭐야, 저건?'

키메라같이 생겼다. 다리의 형태는 도마뱀인데, 그 위를 딱딱한 껍질이 뒤덮고 있었다.

마치 나무의 껍질 같았다. 도마뱀의 다리를 가진 크기 약 2미터의 갑각류. 사람처럼 서서 이족보행을 하는 녀석의 얼굴은 사람과 비슷했는데, 눈과 코가 거의 퇴화된 대신 입이 굉장히 컸다.

얼핏 보면 둥그런 입밖에 보이지 않을 정도. 그 입안에서는 세 갈래 혓바닥이 튀어나왔다. 머리에는 수사슴의 뿔 같은 것이 기다랗게 자라 있었다.

팬더와 같은 고위 해석 능력자는 없었지만 몬스터에 대한 대략적인 정보를 확인할 수 있었다.

〈마족 켄더스-레벨 ?〉

이름은 마족 켄더스. 레벨은 파악 불가.

'악마의 대저택이라더니.'

마족이 나타난 건가. 그래서 악마의 저택이 악마의 대저택으로 승격된 건가.

"이곳은 강자만이 살아남는 약육강식의 세계."

계단에는 '하녀'와 '집사'들이 무릎을 꿇고 고개를 조아리고 있었다.

'여전히 공격은 불가.'

던전 클리어는 여전히 보류 중. 시나리오가 진행되는 중인 것 같다. SKIP이 불가능한 시나리오.

"악마의 대저택에 찾아온 너희 먹잇감들을 환영한다."

마족 켄더스의 커다란 입에서 혓바닥이 튀어나왔다. 길게 늘어난 그것은 무릎 꿇고 있는 하녀의 몸을 감싸 안았다. 마치 개구리가 파리를 낚아채듯 그렇게.

하녀가 비명을 질렀다.

"꺄아아악!"

그 비명은 아랑곳하지 않고 켄더스는 하녀의 머리를 집어삼켰다.

와드득!

뼈가 뭉개지는 섬뜩한 소리와 함께 하녀의 몸이 축 늘어졌다. 켄더스의 입에서는 검붉은 피가 줄줄 흘러나와 땅으로 뚝뚝 떨어져 내렸다.

머리를 잃은 하녀의 몸이 바닥에 철푸덕 떨어졌다. 그녀의 목에서 구더기가 피어올랐다.

한세아는 구역질이 올라오는 것을 억지로 참았다.

'미친 새끼.'

올림푸스. 아니, 제우스는 제정신인가.

아무리 레벨 400 제한 던전이라고 해도. 이렇게까지 자세하고 사실적으로 묘사할 필요는 없잖아. 더더군다나 마족 하녀와 마족 집사는 인간과 거의 흡사한 형태를 하고 있어서 더 끔찍했다.

"봤느냐? 이곳은 강자만이 살아남는 곳이다. 위대한 강자. 강자만이 위로 올라설 수 있다는 얘기다. 너희들은 살아남을 준비가 되어 있느냐?"

한주혁은 저 말을 통해 확신할 수 있었다.

'역시. 층을 올라가서 클리어하는 퀘스트.'

그리고 보아하니.

'층마다 보스 몬스터가 있는 모양인데.'

강자존의 델리트 필드. 이것이 이 던전의 존재 의의인 것 같았다. 별다른 힌트는 보이지 않았다.

한주혁은 확신할 수 있었다.

'저놈은 잔챙이다.'

겨우 1층을 지키는 보스 몬스터.

'저놈 때문에 이곳이 승격됐다고는 보기 어려워.'

한주혁은 이미 마족을 경험했다.

그것도 마계 서열 2위의 마족 데미안을 경험했다. 1위가 될 수도 있었으나 카르티안의 비겁한 술수에 당해 죽은 줄로만 알았던 마족 데미안.

데미안을 경험하고 나니, 저놈은 굉장히 약하게 느껴졌다.

"자. 준비됐느냐? 내게 너희들의 따끈따끈한 머리를 바칠 준비가?"

켄더스의 눈이 천세송을 향했다. 거의 퇴화되었던 눈이 커졌다. 눈에 띄게 커졌다.

"아주 맛있는 냄새를 풍기는구나. 네 안에 무엇을 숨기고 있는 것이지?"

고개를 갸웃했다.

"네크로맨서인가? 아주 맛 좋은 향기를 풍기는구나. 상당히 맛있는 시체들을 가지고 있겠어."

켄더스가 흐흐흐- 웃었다.

"너도 썩혀서 먹으면 아주 맛있을 것 같구나. 아주 야들야들할 것 같군."

한세아는 볼 수 있었다.

'어.'

분명히 봤다.

'우리 오빠. 화났다.'

그리고 이러한 장면. 그렇게 낯선 장면은 아니었다.

'세송이가 예쁜 건 알겠는데……'

왜 지능을 가진, 특히 남성형 몬스터들은 하필이면 자꾸만 세송이를 눈에 담는 걸까. 우리 오빠 화나게 만들기 딱 좋은 건데.

-공격 제한 시스템이 해제됩니다.

-남은 시간 10초.

10초 뒤. 공격 제한 시스템이 풀린단다. 한주혁이 씨익 웃었다. 평소의 웃음과는 조금 달랐다.

루펜달도 뒤로 빠졌다. 평소라면 형렐루야 형멘! 닥쳐라! 이 좆밥 새끼야! 를 외쳤겠지만 지금은 아니었다. 지금 절대악이 화가 난 상태다.

"약한 놈들은 이 세상에서 살아갈 자격이 없다. 그러나 저 야들야들한 여자만 순순히 내 먹이가 된다면…… 최소한의 강함만 증명하면 목숨만은 살려주도록 하겠다."

보아하니 무릎을 꿇고 있는 집사와 하녀들은, 최소한의 강함을 증명했기 때문에 살아남은 것 같다. 일단 설정상으로는.

한주혁이 말했다.

"할 말은 끝났냐?"

-남은 시간 7초.

"무엄하구나. 약해 빠진 쓰레기여. 스스로 살길을 버리는구나. 구더기의 먹이가 되게 해주마."

3초가 남았을 때. 한주혁이 움직였다.

"이 재활용도 안 되는 폐기물 새끼가."

한주혁은 이미 심안을 통해 놈의 강함을 느끼고 있는 중이다. 이미 경험해 본 서열 2위의 마족 데미안에 비하면 비교할 수조차 없을 정도로 약한 마족이다.

아니. 비교하는 것 자체가 데미안에게 실례일 정도.

"네가 그렇게 세냐?"

한주혁이 주먹을 뻗었다. 일부러 조금 천천히 움직였다. 아예 눈치채지도 못하고 맞는 것보다는, 적당히 '아. 이제 내가 맞겠구나' 하고 맞는 게 더 아프지 않겠는가.

그와 동시에.

퍽!

하고 요란한 격타음이 터져 나왔다.

'호오?'

한주혁은 느낄 수 있었다.

'이거. 타격감이 제대로인데.'

보통의 경우, 타격감이 제대로 느껴지지 않는다.

특수한 상황이 아니면 올림푸스는 고통의 감각을 제한하는 편이고 그에 따라 현실과 완전히 같은 타격감은 나오지 않는다. 원래는 그렇다.

'말하자면 여기는 특수 필드인 거네.'

플레이어는 무조건 델리트되는 델리트필드임과 동시에 고통을 선사할 수 있는 특수 필드. 이른바, 페인필드인 것이다.

"잘 걸렸다."

고통찔레꽃을 쓸 필요도 없지 않은가.

"야."

한주혁이 주먹을 다시 뻗었다. 마족 켄더스는 그 주먹을 피하기 급급했다. 그 주먹을 피하는 게 너무 바빠 아무것도 하지 못했다.

"네가 그렇게 세냐고?"

-스킬. 평범하지 않은 강력한 주먹을 사용합니다.

데미지 감소율은 99퍼센트.

마족 켄더스가 이를 악물고 주먹을 피하려고 했지만 피한다고 피해지는 한주혁의 주먹이 아니었다. 데미안쯤 되면 모를까. 켄더스의 몸놀림은 한주혁의 몸놀림에 한참 뒤처졌다.

-스킬. 위압을 사용합니다.

마족 켄더스는 순간 엄청난 공포감과 마주해야만 했다.

"헉……!"

이 느낌은 서열 상위의 마족에게서나 느낄 수 있는 강력한 기운. 이건 뭔가 싶을 정도다.

'이, 인간이 어떻게……!'

인간이 맞나.

'아니. 인간인 척하는 다른 마족이신가……!'

그렇게밖에 설명할 수가 없었다.

"자, 자, 자, 자, 잠깐!"

마족 켄더스는 막다른 벽에 등을 붙인 채 다급하게 소리쳤다. 허공에 손을 마구 휘저었는데 하녀와 집사들은 눈을 크게 뜬 채 이쪽을 쳐다보기만 했다.

하녀와 집사들은 지능이 그렇게 높지 않은 형태의 몬스터인 듯했다. 하녀와 집사 몬스터들은 그냥 가만히 제자리에 서 있었다.

저희들이 위압에 당한 것도 아닌데 위압을 당한 것처럼 움직이지 못했다.

어벤져스의 캡틴은 그 이유를 알 수 있었다.

'스킬의 여파만으로…….'

단순히 스킬의 여파만으로 강력한 1층 몬스터들(어벤져스 연합 기준에서 꽤 강한)을 꼼짝 못 하게 만들어 버린 거다.

'공포에 물들었다.'

집사와 하녀들은 공포에 물든 표정이었다.

'역시 절대악이군.'

스킬도 아니고, 그냥 스킬의 여파만으로 1층 몬스터들을 저렇게 얼려 버리다니.

'손속에 사정을 두고 있군.'

캡틴은 보다 객관적으로 상황을 파악할 수 있었다.

이곳은 저택에서 대저택으로 승격되었고, 전에는 없었던 '지능을 가진 보스형 몬스터'가 1층에 주둔하게 됐다. 그렇다면 이 보스 몬스터가 어떠한 역할을 하게 될 것이다. 그것을 어렵지 않게 유추할 수 있었다.

'몬스터를 완벽하게 제압함으로써, 무언가 더 큰 그림을 그리고 있는 것이 틀림없다.'

캡틴은 그렇게 생각했으나 성염의 성좌 루펜달은 조금 다르게 생각했다.

"형수님을 모욕했으니 그냥 존나 뚜까 맞아라. 이 좆밥 폐기물아!"

저건 재활용의 가치도 없다. 일단 그냥 냅다 맞는 게 맞다. 이후의 클리어에 어떤 영향을 끼치는지.

저 1층의 보스 몬스터가 어떤 키를 가지고 있을지. 그런 건 아무래도 상관없었다. 중요한 건 저 발톱만 한 것이 감히 형님의 여자 친구를 모욕했다는 거다. 그 결과 저렇게 비 오는 날 먼지 나듯 얻어맞고 있는 중이고.

"후후후. 형님의 최고존엄을 맛보아라!"

마족 켄더스는 무릎을 꿇었다.

"사, 사, 살려줘. 아니, 사, 살려주십시오!"

"센 놈이 짱이라며?"

"사, 살려만 주시면 시키는 건 무엇이든 다 하겠습니다!"

한주혁이 씨익 웃었다.

"뭐든지 다?"

그래. 이제야 말이 좀 통하네.

"그, 그, 그렇습니다. 시키는 건 다 하겠습니다."

"일단 이 저택이 대저택으로 승격된 이유에 대해서 설명해 봐."

"그, 그건 이 저택의 새로운 주인이 생겨났기 때문입니다."

"새로운 주인?"

"저도 정확히는 모릅니다. 그분은 5층에 기거하시며 굉장히 강력한 기운을 가지고 계십니다. 그분의 힘 덕택에 저도 생명을 얻을 수 있었고 1층을 수호하는 역할을 맡게 되었습니다."

한주혁은 고개를 끄덕였다.

'그렇단 말이지.'

5층에 강력한 뭔가가 있다는 소리다. 악마의 저택을 악마의 대저택으로 변화시킬 만큼의 무언가가.

'1층 몹한테서 뭔가를 얻고. 2층에서도 마찬가지로 진행되는 건가.'

한주혁은 일단 한 대 더 때렸다.

퍽!

소리와 함께 켄더스가 고꾸라졌다.

세게 때리지는 않았다. 죽을 정도로 괴롭게 때린 것도 아니다. 놈에게 정보를 얻는 건 얻는 거고, 때리는 건 때리는 거다.

어벤져스의 캡틴과 성염의 성좌 루펜달의 생각은 둘 다 맞았다. 한주혁은 지금 둘 다 하고 있다.

'정보 얻기'와 '뚜까패기'.

"너는 1층 스테이지의 보스몹 같은 거네."

"보, 보스몹이 무엇을 뜻하는 것인지는 모르겠습니다만 1층의 관리는 제가 맡고 있습니다."

"보스몹이 뭐냐면……."

한주혁이 사악하게 웃었다. 한세아가 캐치하는 그 웃음. 사악해질 때의 그 웃음. 저 오빠가 내 오빠라서 다행이다, 라고 느끼는 그 웃음이었다.

"널 죽이면 플레이어인 나한테 엄청난 선물과 보상이 주어진다는 거야."

"저, 저는 보스몹 따위가 아닙니다! 맹세합니다! 저는 그저 마족일 뿐입니다!"

"아냐. 너는 보스몹이야. 나는 많은 경험을 해왔어. 그 경험을 토대로 얻은 경험적 산물이지. 너는 보스몹이야."

"아닙니다! 저는 그런 게 아닙니다!"

켄더스는 울고 싶었다. 아니. 나는 보스몹이라는 단어를 처음 듣는단 말이다. 이 인간 같지 않은 인간놈아! 나는 보스몹이 아니다! 마족이다! 보스몹이 뭔지도 모른다!

"살고 싶냐?"

"다, 당연합니다."

그걸 말이라고 묻냐. 이 괴물 같은 놈아. 켄더스는 따지고 싶었다. 하지만 그럴 수 없었다.

따지는 순간. 정말 저세상으로 갈 것 같다.

"그럼 나한테도 널 살려야만 하는 어떤 좋은 게 있어야 하지 않겠냐?"

"제, 제가 알고 있는 모든 것을 말씀드리겠습니다."

알림이 들려왔다.

-'대저택의 지도'가 인벤토리에 입수되었습니다.

-'대저택의 지도'는 악마의 대저택에서만 사용 가능한 아이템입니다.

-'대저택의 지도'에는 대저택의 구조와 각 층의 몬스터에 관한 자세한 설명이 수록되어 있습니다.

오호.

'1층 보스몹치고는 꽤 괜찮은 걸 주네.'

나머지 층들을 보다 쉽게 클리어할 수 있을 것 같다. 이거. 꽤 괜찮은 보상이다. 하지만 한주혁의 사악한 미소는 사라지지 않았다. 더 뜯으면 더 내놓을 거 같다. 이건 감이었다.

"죽을래? 겨우 이거냐? 이래서 내가 널 살려줄 수 있겠어?"

"……."

거기까지 이르자 켄더스는 발악했다.

"차, 차라리……!"

차라리 날 죽여라! 이 인간 같지 않은 놈아! 그렇게 외칠 뻔했다. 너무 억울하고 서글퍼서 그렇게 외치고 싶었다. 그러나 그럴 수 없었다. 그는 태어난 지 얼마 안 됐다. 살고 싶었다. 맛좋은 것들을 많이 먹고 싶다.

한주혁은 귀신같이 눈치가 빨랐다.

"아. 차라리 죽이라고?"

주먹을 들어 올렸다. 이거 참. 알기 쉬운 놈이네.

-스킬. 평범하지 않은 강력한 주먹을 사용합니다.

-데미지 감소율을 100퍼센트로 설정합니다.

데미지 감소율 100퍼센트. 다시 말해 사망확률 0퍼센트.

퍽! 퍽! 퍽! 퍽!

경쾌한 격타음이 터져 나왔다.

한세아가 천세송의 눈을 가려줬다.

"어린이들은 이런 거 보는 거 아니야."

캡틴은 침을 꿀꺽 삼켰다. 절대악이 플레이어라서 다행이라는 생각이 들 정도였다.

'몬스터가 불쌍해 보이는 경우도 있군.'

처음이다. 첫 경험이다. 몬스터가 불쌍해 보이다니.

"그, 그만, 제, 제발 그만!"

켄더스가 애원에 애원을 더하고 나서야 한주혁은 주먹질을
멈췄다.

"어때? 이제 좀 할 얘기가 생겼어?"

"무, 물론입니다! 생각해 보니 제가 드릴 것이 더 있었습니다!"

한주혁이 또 씨익 웃었다.

'좋은데?'

사실 이것까지 예상한 것은 아니었다.

사랑스러운 세송이를 상대로 그런 망발을 했으니 남자 친구
된 입장에서 많이 때려줬을 뿐이다. 맞는 모양새를 보아하니
뭐라도 더 주지 않을까 하는 마음에 있기는 했지만 그건 정말
조금이었다.

'진짜 주네?'

밑져야 본전. 패고 패고 또 패니 길이 열렸다.

-축하합니다!

-히든 피스 한 조각을 완성시켰습니다.

패고 패고 또 패니 길이 열렸고, 길이 열리자 히든 피스가 만
족 되었으며, 히든 피스가 만족 되자 숨겨진 보상이 주어졌다.

-숨겨진 보상. '켄더스의 목걸이'를 획득할 기회가 주어졌습니다.

-단, '켄더스의 목걸이'를 획득할 시 켄더스의 목숨을 보장하

여야 합니다.

　-'켄더스의 목걸이'를 획득 후 켄더스를 사살하면 플레이어는 즉각 사망합니다.

　켄더스의 목걸이?

　'이게 뭔데 이런 딜을 걸어?'

　켄더스가 최후의 딜을 걸은 모양이다. 이걸 줄 테니 목숨만은 살려달라고.

<켄더스의 목걸이>

　신생 마족 켄더스가 생겨날 때에 얻게 된 시스템 물품. 강력한 델리트의 권능이 내재되어 있다.

　특수 효과:

　　1) 악/마 속성 몬스터에 대한 델리트 확률 +50%

　　2) 악마의 대저택에서 1)특수 효과 +20% 적용

'어라?'

　한주혁은 켄더스를 쳐다봤다. 신생 마족이 시스템 아이템을 가지고 있단다. 아예 이렇게 설정되어 태어난 마족이다.

　'나를 위해 준비된 마족이었어?'

　꿈보다는 해몽이 좋다고. 한주혁은 그렇게 이해했다.

　'와. 이게 있으면……'

'대저택의 지도'와 '켄더스의 목걸이'의 조합. 이 두 개면 이곳에서 달빛 하모니카를 활성화시킬 수 있을 것 같다.

'지도에 따르면 2층에는 대규모 마물 군단이 있다고 했으니까.'

2층에서 몇 번 사냥과 리젠을 거치면 1,000개체 델리트. 어렵지 않게 달성할 수 있을 것 같다.

'이거네!'

바로 이거다. 의도한 건 아니었지만 악마의 대저택이야말로 달빛 하모니카를 활성화시키는 데에 최적화된 필드였다.

'패길 잘했다.'

지능이 있는 보스몹은 역시 일단 패는 게 답이다. 패다 보면 뭐라도 더 떨어진다.

한주혁은 켄더스의 목걸이를 받고 켄더스의 목숨을 살려줬다.

"사, 살펴 가십시오……!"

"그래. 앞으로는 입조심하고. 그러다 훅 가."

한주혁이 주먹을 들어 올리자 1층 보스몹인 켄더스가 몸을 부르르 떨었다.

"며, 명심하겠습니다!"

켄더스가 직접 2층으로 이어지는 문 앞까지 한주혁 일행을 인솔했다. 켄더스는 속으로 생각했다.

'2층에서 갈가리 찢겨 죽어버리면 좋겠다.'

그런데.

'……아마 안 되겠지?'

2층으로는 어림도 없을 거 같다. 2층? 저 미친놈의 놀이터가 될 거 같다.

'그래도……. 5층의 그분께서 강림하시면 너도 죽은 목숨이다……!'

켄더스의 속마음을 아는지 모르는지. 한주혁 일행은 2층 문을 열었다. 2층에 입장했다.

악마의 대저택 2층. 무시무시한 마물들이 득실거리는 대규모 몬스터 필드.

거기서 천세송이 환하게 웃었다.

"질 좋은 시체들을 많이 구할 수 있겠어요."

천세송은 기쁜 마음을 주체하지 못하고 '호호홍!' 하고 웃었다. 그 모습에 캡틴은 식은땀을 흘릴 수밖에 없었다.

'절대악 파티는…….'

역시.

'적으로 돌리면 안 되는 파티다.'

그것을 이곳에서 확신했다.

'이 파티는 미쳤다.'

이곳은 학살의 현장이었다. 절대악과 절대악 파티는 전투나 사냥을 하지 않았다. 말 그대로 대학살의 현장.

-델리트에 성공하였습니다.

한주혁은 신났다.

'벌써 20개체 성공?'

안 그래도 찾기 힘든 악/마 속성 몬스터들. 그걸 델리트시키기란 거의 불가능에 가까운 일인데 켄더스 목걸이의 효과로 델리트 확률이 무려 70퍼센트에 이른다.

확률적으로 100마리 잡으면 70마리 정도는 델리트된다는 소리다.

'여기서 몇 탕 뛰고 가자.'

절대악과 앱솔루트 네크로맨서는 2층을 활보했다. 2층은 절대악 파티의 파티로 끝날 것만 같았다.

-델리트에 성공하였습니다.
-델리트에 성공하였습니다.

델리트뿐이랴.

-레벨이 올랐습니다.

심지어 레벨까지 올랐다. 현재 레벨 161. 충성 서약을 맺은 힐스테이의 1만 명이 넘는 주민들이 경험치를 꾸준히 물어다 주고 있는 상황. 꾸역꾸역 1레벨업까지 더했다.

-몬스터들이 두려움에 떨고 있습니다.

-리젠 시간이 대폭 늘어납니다.

한주혁은 인상을 찡그렸다.

'겨우 500마리밖에 델리트 못 시켰는데. 리젠 시간이 늘어나?'

아이씨. 뭐 이렇게 지능적인 던전이 다 있냐. 마물이면 마물답게. 징그러운 곤충처럼 생긴 것답게. 지능은 없어야지. 왜 두려움을 느끼는 거냐.

한주혁이 일말의 짜증을 느꼈던 그 시점에, 갑자기 곤충 형태의 마물들이 뒤로 물러서기 시작했다. 물러서는 정도가 아니라 아예 사라져 버렸다.

캡틴은 순간 온몸에 소름이 돋았다.

'이, 이 느낌은 뭐지?'

긴장 같은 건 전혀 하지 않을 것 같았던 한주혁도 긴장하기 시작했다.

'뭐지, 이건?'

뭔가가 변했다.

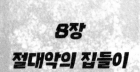

8장
절대악의 집들이

'뭐지, 이건?'

한주혁은 어지간한 일로는 긴장하지 않는다. 무언가 새로운 놈이 나오면 항상 고민한다. 악의 결계를 써야 하나 말아야 하나. 이놈이 한 대에 죽을까 죽지 않을까.

보통은 그런데 지금은 아니었다.

'강한 느낌.'

심안을 통해 느껴지는 이 강대한 마나의 흐름은 분명 저 상대가 매우 강력한 개체라는 것을 알려주고 있었다.

'모습은 제대로 보이지 않아.'

1층과 비슷한 형식. 계단이 높이 솟아 있고 그 꼭대기 광장처럼 넓어지는 공간이 있었는데, 그곳에서 모습을 드러냈다.

'이 느낌은 마치……'

이 느낌은 마치 마족 데미안을 만났을 때와 비슷한 느낌이었다. 그러나 완전히 같다고는 보기 어려웠다.

'데미안과는 달라.'

묘하게 데미안과는 다른 느낌. 데미안과 비슷하면서도 다르다. 그런데 또.

'데미안보다는 약해.'

데미안보다는 약한 느낌이었다. 알림이 들려왔다.

-악/마 속성 몬스터를 대단위로 학살하였습니다.

-델리트 500 조건을 만족하였습니다.

-축하합니다!

-히든 피스 한 조각을 완성시켰습니다!

특수한 조건을 만족시킬 생각 없었다. 달빛 하모니카를 활성화시킬 수 있는 조건을 만족시키려고 했는데, 난데없이 '악마의 대저택'의 특수 조건을 만족시켰다.

-히든 피스 보상으로 2층과 3층의 클리어가 인정됩니다.

-히든 피스 보상으로 4층까지 자유롭게 출입이 가능합니다.

-히든 피스 보상으로 필드에 새겨진 '델리트 권능'이 사라집니다.

캡틴이 눈을 크게 떴다.

'델리트가 사라져?'

안도의 한숨을 내쉬었다.

'듣던 중 반가운 소리다!'

이렇게 반가운 소리가 어디 있단 말인가.

이곳이 위험한 이유. 미 정부에서 나서서 이곳을 제한구역으로 설정했던 이유는 바로 이곳이 무조건적인 델리트가 진행되는, 델리트 필드였기 때문이다.

'그 조건을 없애 버렸어.'

과연 절대악은 이 사실을 알고 했던 건가?

'역시 알고 했겠지?'

자세한 얘기는 해주지 않았다만 분명히 그랬을 것 같다. 어쩐지. 악마의 대저택 2층에서 너무 시간을 끈다 했다.

절대악이 필요한 특수한 조건(캡틴은 한주혁의 1,000개체 델리트 조건을 구체적으로 알지는 못했다)을 만족시키려는 것도 알았지만 그래도 이상했다.

'역시……'

역시 절대악은 다른 것 같다. 자신은 예상하지도 못했던 히든 피스를 발견해서 뚝딱 클리어해 버렸다.

'더욱 놀라운 건 이들 중 아무도 동요하지 않는다는 것.'

2층과 3층을 그냥 클리어할 수 있다는 건 그만큼 5층을 깨기가 수월하다는 것 아니겠는가. 체력 소모도 훨씬 덜할 테고.

이런 히든 피스 클리어는 굉장히 기쁜 거고 운이 좋은 거다.

'마치…… 이 모든 것들이…… 당연한 것처럼 느껴진다.'

절대악이 마치 '히든 피스? 그거 그냥 대충 치면 되는 거지, 뭐'라는 것을 행동으로 보여주고 다른 플레이어들은 '아. 그냥 그런가보다. 또 히든 피스네' 하는 것 같은 모양새다.

캡틴이 물었다. 원래도 공손했지만 말투가 더욱 공손해졌다.

"저 개체의 정체는 파악하셨습니까?"

"곧 모습을 드러내겠죠. 현재의 느낌으로는 4층 보스일 것 같긴 합니다만."

2, 3층 프리패스. 그리고 4층까지의 자유로운 입장. 2층과 3층의 보스몹은 무시하고 4층의 일반 몬스터들을 무시한다는 뜻 아니겠는가.

'아. 이런 거 필요 없는데.'

델리트 좀 더 시켜야 하는데. 여기처럼 좋은 곳이 없는데. 이제 반 채웠으니까 반만 더 채우면 되는데!

목소리가 들려왔다.

"어리석구나. 인간이여."

한세아가 목소리가 들려온 곳을 쳐다봤다.

'뭐야. 또 절세미남?'

데미안도 그렇더니. 저 자식도 절세미남이다. 아무래도 마족인지 뭔지 하는 그런 것 같다.

"마족?"

"마족을 아는가?"

시스템 이펙트인지 검은색 안개가 피어오르고 있었다. 그러나 그것은 단순한 시스템 이펙트가 아니었다. 한주혁은 저 안개를 보자마자 느낄 수 있었다.

'죽음의 안개?'

정확히 말하자면 죽음의 안개와는 약간 달랐다. 겉에서 보기에는 같다.

작용하는 능력도 같다. 생명체를 집어삼킨다. 그러나 성분은 다르다. 성좌의 능력이 포함되어 있지 않은, 본질이 다른 죽음의 안개. 한주혁은 이 죽음의 안개를 이미 경험했었다. 바로 아서 대륙에서.

한주혁이 아이템 하나를 꺼내 들었다.

<생명의 숨결 상자>

생명의 숨결이 담긴 상자입니다. 생명의 숨결이 기본 20알이 제공됩니다. 생명의 숨결은 축복의 여신 가이아의 숨결로 이루어진 알약입니다. 생명의 숨결은 죽음의 안개에 강력한 내성을 가지고 있습니다.

효과: '죽음의 안개'에 저항.

저항시간: 1알/30분

현재 보유량: 20/20

재생성 시간: 1알/24시간

비록 성분은 다르지만 똑같이 저항하는 능력을 가졌다. 모두가 하나씩을 섭취했다.

'저놈과 싸우면…… 누가 이길지 모르겠어.'

지지 않을 자신은 있다. 순수 능력치로만 따지면 불리할지도 모르겠다만, 한주혁은 악/마 속성 몬스터에 대하여 강력한 상성적 우위를 가지고 있으니까.

말카노의 귀걸이, 절대악 클래스, 스킬 위압 등으로 상성상 훨씬 유리한 상태. 신체적 능력이 차이가 나더라도 괜찮다.

'데미안은 정말 못 이길 것 같았는데.'

그래도 데미안을 한 번 경험하고 나니 조금 알겠다.

'저놈은 이길 수는 있을 것 같다.'

문제는 이곳에 있는 다른 플레이어들이다.

그나마 다행인 것은 델리트 권능이 사라졌다는 것. 그 말은 곧, 죽어도 되살아난다는 얘기고 전투에 그다지 부담을 느끼지 않아도 된다는 소리였다.

"이곳은 오로지 주인의 허락을 득한 자만이 들어올 수 있는 곳. 그분께서는 인간의 허락을 허하지 않으셨다."

-불꽃의 진 파천악심공이 외부의 기운에 저항합니다.

-생명의 숨결이 외부의 기운에 저항합니다.

-외부의 기운에 완벽하게 저항하는 데에 성공했습니다.

한주혁과 천세송. 그리고 한세아까지는 완벽한 저항에 성공했고 루펜달과 꼬꼬, 캡틴은 완벽 저항에는 실패했다. 숨쉬기가 좀 힘들었다.

"이곳은 강자존의 영역. 강자만이 나를 꺾고 위로 올라갈 수 있으리라."

공격제한이 풀렸다. 이제부터는 말 그대로 마족 레이드. 입장 레벨 제한부터가 무려 400에 이르는 던전이다. 캡틴은 긴장했다.

'그래도 죽어도 되니까.'

한결 부담이 덜해졌다. 이제는 좀 해볼 만하지 않겠는가.

"제가 탱킹하겠습니다."

커다란 은색 방패를 꺼내 들었다.

'몇 방만 버텨주면.'

그러면 절대악이 제대로 딜을 넣을 수 있을 거다.

'3방은 버틴다.'

딱 세 방. 그것만 버티면 된다. 절대악을 믿기로 했다. 숨 쉬기가 곤란했지만 이 정도는 참을 수 있었다.

한주혁이 고개를 갸웃했다.

"탱킹이요?"

그런 거 필요 없는데. 그 말을 하기 전. 마족의 모습이 사라졌다. 캡틴의 눈에는 제대로 잡히지 않았다. 한주혁의 눈으로는 보였다.

'파고든다.'

파고들어? 진짜 오게?

한주혁이 비장의 아이템을 꺼내 들었다.

<마족의 뿔>

마족 데미안의 정수리에 돋아나 있던 뿔입니다. 이 뿔을 사용하면 마족 데미안에게 연락을 취할 수 있고 소환을 할 수 있습니다.

효과:

1) 데미안과의 연락. 같은 차원 내의 모든 지역에서 연결 가능.

2) 데미안 소환. 같은 차원 내의 상당수 지역에서 소환 가능.

필요 조건: 데미안과의 계약. 계약 상위 주체.

필요 M/P: 300

쿨타임: 24시간

저놈은 엄청 셀 거 같다.

죽자고 싸우면 못 이길 것도 없겠지만 그렇다고 식솔들(?)이 이렇게 많은데 죽자고 싸우기는 좀 그렇지 않은가.

내가 싸우기 힘들면 다른 놈 부르면 된다. 저놈이 자기소개를 제대로 하지는 않았지만 적어도 마계서열 1위는 아닐 거다.

마계서열 1위는 카르티안이라는 놈이라고 했다.

한주혁이 씨익 웃었다.

"마족 때려잡는 데에는 마족 2짱이 최고지."

그런데 약간 문제가 생겼다.

-같은 차원을 확인합니다.

-던전 안에서는 소환이 불가능합니다.

같은 차원 내의 '상당수' 지역이라는 조건에 걸리는 듯했다. 던전은 그 '상당수'에 안 들어간다는 얘기다.

'귓말이랑 비슷하겠네.'

귓말도 던전에서는 전해지지 않는다. 귓말이야 한주혁은 '권능의 귓말'로 대체하면 되지만 이런 경우는 답이 없지 않은가.

'아이씨.'

결국 싸워야 한다.

-스킬. 악의 독려를 사용합니다.

'놈은 어디?'

이동 속도가 굉장히 빨라 처음부터 큰 기술을 쓰기는 어렵다. 작은 기술부터. 그렇게 시작을 해야 하는데.

놈이 움직임을 멈췄다. 그 찰나를 놓치지 않은 한주혁이 백참격을 날리려다가.

"설마…… 그것은 데미안 님의 뿔인 것이냐?"

그 말을 듣고 잠시 멈췄다.

"데미안을 아냐?"

"무엄하다! 그 이름을 함부로 부르지 말라!"

마족은 굉장히 화가 난 것 같았다.

"네가 뭔데 화내냐?"

"그분은 이 저택의 주인이시다!"

"하."

한주혁은 한숨을 내쉬었다. 뭐야. 좋은 곳을 찾았다더니. 여기였냐?

"친구야. 잘 생각해 봐. 데미안의 뿔을 아무나 얻을 수 있겠냐?"

"……결코 그렇지 않다. 마족의 뿔은 평생 단 3번 자란다. 한 번 자를 때마다 커다란 고통이 수반되며 며칠의 요양이 필요하다. 최강의 전투민족인 마족이 유일하게 약해지는 시점이다."

"그래. 그렇게 중요한 마족의 뿔이야. 잘 봐. 여기 뭐 상처나 그런 게 있냐? 억지로 잘라낸 흔적이 있어?"

"무엄하다! 그분의 뿔을 어느 누가 감히 있어 억지로 잘라낸단 말이냐!"

마족의 코에서 검은색 안개가 뿜어져 나왔다. 죽음의 안개가 점점 더 짙어졌다. 캡틴과 루펜달은 점점 더 숨쉬기가 힘들어졌다.

한주혁이 인상을 찡그렸다.

"그래. 그러니까 생각을 해보라고."

마족이란 놈들은 원래 이렇게 머리가 안 돌아가나? 힘만 센 멍청이들인가?

"그 억지로 자를 수 없는 데미안의 뿔을 내가 갖고 있어."

소환은 안 되지만 연결은 된다고. 데미안을 상대할 때는 약간의 맞춤식 대화도 필요하다.

"데미안. 계약 하위 주체여."

그와 동시에 허공에서 목소리가 들려왔다.

-무슨 일이지?

마족이 눈을 크게 떴다. 딸꾹질까지 한 번 했다.

'데미안 님……?'

이건 분명 데미안의 목소리였다. 저 뿔이 진짜 마족의 뿔이 맞았다. 그것도 데미안의 뿔.

'이럴 수가.'

심지어 방금 듣지 않았는가.

'계약 하위 주체?'

계약 상위 주체도 아니고 하위 주체라고? 데미안 님이 상위가 아니라 하위?

'마, 마, 마…….'

말도 안 된다. 그는 털썩 무릎을 꿇었다.

이곳은 강자존의 세계. 힘이 모든 것을 지배한다. 무력이야
말로 최상의 가치다. 만약 자신이 4층의 수호자로 선정되지 않
았다면 자신도 죽었을지도 모른다. 데미안은 그토록 무서운
마족이다. 그런데 그 데미안보다 상위 개체란다.

'일단 빌고 보자.'

저 인간이 저렇게 대단한 인간인 줄 몰랐다. 인간이 어떻게
그럴 수 있는지는 차치하고서, 일단은 무릎을 꿇었다. 일단은
사는 게 중하니까.

"귀, 귀인을 알아보지 못하였습니다. 목을 잘라 주십시오."

한주혁에게 알림이 들려왔다.

-축하합니다!

-4층 보스 몬스터 레이드는 성공으로 인정됩니다!

딱히 레이드를 한 적 없지만 레이드에 성공했다. 캡틴은 이
제 숨쉬기가 편해졌다. 죽음의 안개가 사라졌기 때문이다.

'뭐야?'

나는 레이드는커녕, 탱킹 한 번 한 적 없는데.

-4층 보스 몬스터 레이드 성공으로 보상이 주어집니다.

그리고 허공에서 목소리가 계속 들려왔다.

-계약 상위 주체여. 네 힘이 근처에서 느껴지는군. 마족의 뿔이 근처에 있음이 느껴진다. 아주 가까운 곳에.

"그래."

한주혁이 씨익 웃었다.

"집들이 왔거든."

미국의 비공식 접근 금지 구역. 초 위험군 사냥터 악마의 대저택 던전은 이제 집들이의 현장이 되어 버렸다. 황당하지만 진짜였다.

캡틴은 황당함을 감추지 못했다. 집들이라니. 이건 무슨 상황이란 말인가. 그리고 더욱 황당한 일은 그다음에 벌어졌다.

-집들이?

데미안은 집들이라는 단어를 모른다. 보통 올림푸스 통역의 경우 듣는 사람이 적절하게 이해할 수 있는 다른 언어로 알아서 해석을 해주고는 하는데, 마족에게는 아예 '집들이'의 개념 자체가 없었기 때문에 제대로 이해를 못 했다.

남의 진지에 쳐들어가는 것은 공격할 때 외에는 없지 않은가.

"네가 이사를 했으니까 축하하러 온 것이다. 인간의 풍습이지."

물론 거짓말이다. 애초에 데미안이 이곳에 있는지도 몰랐다.

-인간에게는 재미있는 풍습이 있군. 인간의 풍습에 따르자면 나는 어떻게 해야 하는 것인가, 계약 상위 주체여.

"어떻게 하긴. 집주인이니까 나와서 나를 맞이해 줘야지."

-곧 내려가겠다. 조금만 기다려 주길. 계약 상위 주체여.

그 말을 들은 마족 '가든'은 충격에 빠졌다.

'아⋯⋯.'

현재 그는 무릎을 꿇고 머리를 땅에 박고 있는 상태. 이제는 정말로 목이 날아가도 할 말이 없게 됐다.

'원래 데미안 님은 5층에서 내려오지 않으신다.'

5층에서 내려오는 경우. 그것은 단 하나다. 데미안보다 강력한 개체가 나타났을 때. 데미안이 머리를 숙일 수 있는 존재. 강자존의 세상에서 그것은 당연한 것이다. 그런데 5층에서 내려오라고 했다. 이곳까지.

'얼마나 강력한 분이란 말인가⋯⋯!'

사실 한주혁이 그렇게 강한 건 아니다. 플레이어 기준으로 보면 강한 게 맞지만, 데미안 기준에서는 또 그렇지도 않다.

그나마 한주혁에게 악/마 속성 상성우위가 있어서 그렇지, 그것도 없었다면 데미안에게는 훨씬 미치지 못한다.

그러나 가든이 거기까지 캐치하지는 못했다.

'내가 저런 분을 몰라뵙고⋯⋯.'

큰일이다. 이거 어떻게든 해야겠다. 강자존의 세상에서 강자를 알아보지 못하고 거역했다. 이건 정말 사형감이다. 어떻게든 활로를 찾아야 했다.

'그, 그래⋯⋯!'

방법을 찾았다.

'계약을 하자.'

계약 하위 주체를 죽이지는 않겠지.

'그래. 그거다······!'

아직 4층 보상이 주어지지 않았다. 4층 보스의 권한으로 그 보상을 바꾸기로 했다.

한주혁이 새로운 알림을 들었다.

-악마의 대저택 4층 보스 마족 '가든'에 의하여 보상이 변경됩니다.

-마족 '가든'이 계약을 원합니다.

-마족 '가든'이 마족의 뿔을 바치기 원합니다.

-마족 '가든'과 계약을 하시겠습니까?

가든은 무릎을 꿇고 머리를 박은 상태로 공손히 팔을 들어 올렸다. 한주혁조차도 황당해했다.

'이게 무슨 횡재냐?'

마족의 뿔이다. 정말 황당하기는 했다.

'진짜 저거 주는 거냐?'

갑자기 쟤가 왜 저러는지 이유는 알 것 같다. 하기야 이유가 뭐가 중요하겠는가. 마족의 뿔은 매우 유용한 아이템이다. 던전에서 사용은 불가능할지라도. 필드 내에서라면 얼마든지 사용이 가능하다.

원래 4층 보상이 무엇인지는 몰라도 4층 보스가 자신의 뿔을 잘라 바치는 것보다 좋겠는가.

'계약을 받아들이기 전에.'

한주혁이 또 희미하게 웃었다. 동생인 한세아만이 알아볼 수 있는 그 사악한 미소가 또 나왔다.

"계약을 하기 위해서는 한 가지 조건이 필요하다."

냉큼 받아들이면 재미없지. 가든에게도 알림이 들려왔다.

-충성 서약을 맺으시겠습니까?

한주혁이 말했다.

"데미안 역시 충성 서약에 들어가 있다. 이것이 계약의 완료 조건이었다."

한세아는 황당했다. 아니. 딱히 저게 계약 완료 조건은 아니었던 것 같은데. 저건 계약 완료 조건이라기보다는 그냥 하나의 안전장치 아니었던가.

'우리 오빠……'

영웅과는 좀 거리가 멀어 보이지 않는가.

"하겠습니다."

마족 가든은 그다지 따지지 않았다. 묻지도 않았다. 그냥 한주혁이 하자는 대로 했다. 무려 데미안의 계약 상위 주체. 데미안도 했다는데, 나 따위가 무슨 협상을 한단 말인가.

-계약이 완료되었습니다.

-인벤토리에 '마족의 뿔'이 주어집니다.

한주혁은 속으로 쾌재를 불렀다.

'이놈. 적어도 나랑 비슷하거나……'

어쩌면 자신보다 강할 수도 있다. 속성만 악/마 가 아니었다면 자신보다 강할 수도 있다는 얘기다. 다시 말해, 다른 플레이어들을 상대할 때는 자신보다 더 강할 수도 있다는 얘기.

'아. 좋다.'

좋아도 너무 좋지 않은가. 사실상 데미안은 마구 사용하기에는 너무 아까운 패다. 막말로 제국과 최후의 결전을 한다거나. 성좌가 어떤 비장의 수를 준비해서 최후의 뒤통수를 친다거나. 그럴 때에 사용하기 딱 좋은 패다.

한주혁에게 있어서도 비장의 패. 비장의 패인 만큼, 활용도는 떨어지게 마련이다.

'애는 그 정도는 아니니까.'

비장의 패까지는 아니지만, 또 엄청난 힘을 가지고 있다. 애초에 입장제한 레벨이 무려 400짜리 던전의 4층 보스다. 데미안 바로 다음 계급자.

'애 하나만 있어도 어지간한 것들은 다 쌈 싸 먹겠네.'

아주 큰 보상을 얻은 기분이다. 아주 좋았다. 이윽고 데미안이 모습을 드러냈다.

　

데미안이 곤란한 듯 인상을 살짝 찡그렸다.

"……인간의 풍습을 잘 모른다. 계약 상위 주체여."

어쨌든 상대는 인간이며, 계약 상위 주체다. 그러니까 저쪽을 존중해 줘야 하기는 하는데, 인간의 풍습을 모르겠다.

한주혁이 어깨를 으쓱했다.

"집들이. 뭐 별거 아냐."

그냥 뭐. 가서 밥이나 좀 얻어먹고. 선물 좀 주고. 축하 좀 해주고. 그리고 노는 게 집들이 아니겠는가.

"여기를 클리어하는 조건이 어떻게 되지?"

"최종 계급자의 죽음."

한주혁은 황당했다.

"데미안. 네 죽음이라고?"

스탯으로 치면 레벨 1000에 달하는 한주혁이다. 거기에 악/마 속성에 대한 상위능력이 있기 때문에 그나마 데미안에게 비벼볼 만한 거다. 더 솔직히 말하자면 그럼에도 불구하고 데미안에게는 안 된다.

한주혁은 저번에 그것을 분명히 느꼈다. 데미안을 이기려면 자신보다 더 강력하면서 악/마 속성을 때려잡을 수 있는 상위 속성이 있어야 한다.

'이거 클리어하라고 만들어 놓은 거냐, 아니면 델리트되라고 만들어 놓은 거냐?'

애초에 클리어가 불가능한 곳 아닌가.

'클리어 불가 던전이었네.'

이건 말 그대로 클리어 불가 던전. 그나마 한주혁이 델리트 필드를 없애 놓아서 망정이지, 원래대로라면 들어오는 모두가 델리트되었을 끔찍한 곳이다.

한주혁이 씨익 웃었다.

"그걸 미리 알고 있었지."

물론 거짓말이다. 이곳에 데미안이 있는지도 몰랐다.

"집들이를 올 때에는 선물을 가져오는 것이 인간의 풍습이거든."

"선물?"

"그렇다. 선물이 반드시 필요하지. 계약 하위 주체여. 네가 5층에서 4층까지 내려오는 수고를 하였으니. 나도 그에 걸맞은 자세를 보여야 하지 않겠는가?"

한세아는 오빠의 말투 속에서 묘한 흥분을 느꼈다. 그 흥분 속에, 그녀도 흥분했다.

'우리 오빠. 또 뭔가 한다……!'

보아하니 마족이란 놈들은 힘은 센데 좀 멍청하다. 오빠의 사탕발림에 휙휙 넘어간다.

'뭐 할 거야, 오빠?'

기대가 됐다. 이로써 '이오빠가내오빠다'로 활동할 수 있는 원동력을 또 얻을 수 있지 않겠는가.

'내가 오빠 짱을 외치게 해줘! 오빠!'

내 새로운 취미에 활력소를 불어 넣어줘, 내 오빠야.

"데미안. 계약 하위 주체여. 네 말대로 나는 아직 더 큰 수련이 필요하다. 카르티안의 심장을 씹어 먹기 위하여."

"……."

"그러나 내게는 비장의 수가 하나 있다. 지금 당장에라도 계약 하위 주체인 너를 강력하게 만들어 줄 수 있는 선물을 가져왔다."

"그게 무엇이지?"

현재 데미안을 움직이는 것은 카르티안에 대한 복수심 아니겠는가.

"바로 네 죽음이다."

캡틴은 더더욱 황당해졌다.

'저게 어떻게 선물이지?'

마족 데미안도 이해하지 못했다.

"계약 상위 주체여. 나는 인간의 풍습을 모른다. 네 뜻이 무엇인지 전혀 모르겠다."

캡틴도 말하고 싶었다.

'나는 인간인데 왜 모르겠죠?'

애초에 이게 인간의 풍습과 관련이 있는 건지 모르겠다.

'이곳 클리어 조건이 데미안의 죽음이라서……. 저렇게 말 꾸며내는 거 같은데.'

아무래도 그런 것 같은데. 좀 더 지켜보기로 했다. 한주혁이 말했다.

"네가 이곳에서 죽는다면 부활까지 얼마나 걸리지?"

"약 5일 정도가 소요될 것 같다. 죽어보지 않아 모르겠군."

5층의 보스가 되면서 부활의 권능이 주어진 것 같기는 한데, 데미안은 전에도 죽어본 적이 없다 보니 잘 모른다고 했다.

"지금 죽는다면 당장 되살릴 수 있다. 또한. 전보다 훨씬 강해질 것이다. 내가 그것을 보증한다."

한세아는 느낄 수 있었다.

'아. 내가 되살리면 되는 거구나.'

잿빛 마도사가 된 덕분에 성 속성과 악/마 속성 둘 다에 영향력을 끼칠 수 있지 않은가.

'내가 살려주면 신체능력이 더 올라가고.'

데미안은 더 세져서 좋아. 우리는 클리어해서 좋고. 누이 좋고 매부 좋고. 꿩 먹고 알 먹고. 도랑 치고 가재 잡는 것 아니겠는가.

"데미안. 계약 하위 주체여. 걱정할 필요가 없다. 우리는 끈끈한 계약으로 맺어져 있으며, 혹여 내가 너를 되살리지 않는다 하여도 5일이면 되살아난다. 내가 배신한다면 5일 뒤. 나를 찾아 죽이면 되는 것 아닌가?"

한세아는 말하고 싶었다.

'아니. 오빠. 충성 서약 때문에 그러지도 못하잖아. 충성 서약 맺은 사람은 배신 못 하잖아. 시스템적으로 그렇게 되어 있잖아.'

역시 우리 오빠다. 아주 '개 나쁜놈'이다. 그래서 너무 좋다. '이 오빠가 내 오빠다'로 활약할 원동력을 아주 많이 얻고 있는 중이다.

데미안은 조금 고민했다.

'계약 상위 주체가 내게 거짓을 말할 리는 없지.'

그래도 한 번 사용하기로 했다. 그에게도 확신이 필요했으니까.

"내 목숨을 담보로 하는 것이니. 진실의 눈을 사용하고 싶다."

"물론."

그 정도 융통성은 있었다. 저번에는 진실의 눈을 방어해 냈지만 이번에는 방어하지 않기로 했다.

데미안의 머리 위에 피가 뚝뚝 떨어지는 커다란 눈동자가 생겼다. 얼마 뒤. 데미안이 고개를 끄덕였다.

"집들이 선물. 제대로 받기로 하겠다."

한주혁이 힘을 끌어올렸다.

-스킬. 위압을 사용합니다.
-스킬. 악의 독려를 사용합니다.
-스킬. 백참격을 사용합니다.

모든 스킬은 '불꽃의 진 파천악심공'에 의하여 상위 스킬로 변환되어 사용된다.

-스킬. 천참격을 사용합니다.

백참격, 천참격에 이어지는 악신강림.

-스킬. 악신강림을 사용합니다.

스킬트리 콤보가 이어졌다. 거기에 더해, 한주혁의 최강 스킬이라 할 수 있는 '아수라극천무'까지 이어졌다.

-스킬. 아수라극천무를 사용합니다.

중간중간, 쿨 타임이 짧은 '백참격'을 넣어 연계했다. 콤보가 높아지면 들어가는 데미지도 높아지고 크리티컬 샷도 커진다.

캡틴은 넋 놓고 한주혁의 스킬 콤보를 쳐다봤다.

'내 눈에는 제대로 보이지도 않는다.'

그는 탱커다. 그것도 세계에서도 손꼽히는 탑 랭크의 탱커. 그런데 자신더러 절대악의 공격을 막아보라고 말한다면, 단 한 차례의 공격도 막지 못할 것 같다.

'플레이어의 경지를 이미 넘어섰구나.'

진작 알고 있었지만 오늘 또 보니 또 새롭다. 볼 때마다 새롭다. 볼 때마다 더 강해지니까.

'나는 못 막아.'

절대악의 공격을 절대 막지 못할 거다. 그는 확신했다. 그리하여 결론을 얻을 수 있었다.

'역시 줄을 잘 섰다.'

절대악이 델리트되지만 않는다면 자신과 미국 대통령의 힘과 입지는 점점 커질 거다. 왜냐하면 절대악과 친하니까. 입장제한 레벨이 무려 400인 던전도 집들이로 찾아오는 괴물이니까.

한주혁은 한주혁 나름대로 놀랐다.

'지금 데미안은 방어 스킬 아무것도 안 쓰는데……'

데미안은 무방비로 공격을 맞아주었다. 그런데도 H/P 감소가 그렇게 크지 않았다. 보통의 경우 한 방 때리면 다 죽는데, 데미안은 아니었다.

그래도 방어를 신경 쓰지 않고 폭풍같이 공격만 몰아치다 보니, 데미안의 H/P도 거의 바닥을 드러냈다.

'조금만 더 하면 돼.'

그나마 다행인 것은 델리트 필드가 해제되면서 고통도 사라졌다는 것. 만약 고통이 그대로 적용이 되었다면 데미안이 이렇게 쉽게 맞아주지는 않았을 것 같다.

'히든 피스 없었으면 클리어도 못 했겠네.'

이 던전은 아무래도 미친 던전이다.

'근데 미친 만큼.'

보상도 탁월한 것을 주지 않겠는가. 레벨 제한부터가 이미 사기급인 던전이니까.

"곧 내 몸이 안개처럼 변할 것이다. 계약 상위 주체여. 그대는 신경 쓰지 말고 공격하도록 하라. 나의 진짜 능력이 개방되지 않도록. 내가 잘 붙들고 있겠다."

한주혁은 황당해졌다.

'지금 저게 진짜 능력이 아냐?'

마족 이 새끼들. 머리는 좀 나빠도 사기적인 종족인 것 같다. 어쨌든 그 본신의 능력을 봉인한다고 하니.

한주혁은 마음 놓고 공격했다. 결국 그는 데미안을 잡을 수 있었다. 원래대로라면 잡을 수 없는 레이드 불가 보스. 악마의 대저택의 마지막 보스. 데미안을 잡음과 동시에 알림이 들려왔다.

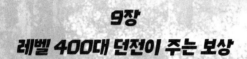

9장
레벨 400대 던전이 주는 보상

캡틴은 보고야 말았다. 플레이어와 보스몹이 짜고 치는 플레이를. 여태 이런 것을 본 적이 있었던가.

'애초에 지능이 있는 보스몹 자체가 그렇게 흔하지 않은데……'

아니. 데미안을 두고 몬스터라고 하는 게 맞는지. 그것부터가 좀 헷갈렸다. 저 정도 되면 보스 몬스터가 아니라 보스 NPC 정도가 되어야 하는 것 아닌가.

'이렇게도 던전을 클리어할 수 있구나.'

입장제한 레벨 400. 이쯤 되면 이렇게도 클리어가 되는 것 같다. 황당했다. 아니, 세상의 어느 플레이어와 보스몹과 이렇게 짜고 친단 말인가. 정말 황당하기는 했지만 어쨌든 보스몹은 그렇게 죽었다.

거기에 한세아가 스킬을 사용했다.

-스킬. 경이로운 부활을 사용합니다.

한세아의 스킬. '경이로운 부활'이 작용하면서 검은 잿더미가 되었던 데미안이 되살아났다.

좀처럼 표정 변화가 없는 데미안의 입가에 미소가 새겨졌다.

"……계약 상위 주체여. 그대의 말이 사실이군."

그는 만족한 것처럼 주먹을 쥐었다 폈다를 반복했다.

'힘이…… 느껴진다.'

예전에도 정정당당하게 싸우면 카르티안을 이길 수 있다고 자신했다. 그런데 지금은?

'내 몸이 더욱 강력하게 변했다. 정면으로. 일대일로 싸우면 결코 지지 않는다.'

그러나 카르티안은 일대일로 싸우지 않겠지. 절대로. 마족의 명예를 더럽히고 도구 따위를 사용할 거다. 본신 능력만 강해서는 이길 수 없는 놈이다. 저쪽이 편법이면 이쪽도 편법이다. 당한 대로 갚아 주는 것이 긍지 높은 전투민족. 마족 아니던가.

"잿빛 마도사. 내 너를 인정하겠다."

"……."

한세아는 저 말에 기뻐해야 할지, 말아야 할지 좀 헷갈렸다.

'칭찬은 칭찬인데…….'

왠지 칭찬 같지가 않다. 루펜달이 대신 나서줬다. 루펜달에게 있어 한주혁은 태양 같은 형님이시고, 한세아는 무려 그 형님의 친동생이지 않은가. 형님을 모시려는 자. 동생부터 모셔라. 루펜달은 그렇게 생각했다.

"이 잡놈아. 저분께서 너 따위의 인정이 필요할 성싶으냐! 저분은 네놈의 계약 상위 주체이신 형느님의 친동생이시다!"

데미안은 친동생이라는 개념을 이해하지 못했다. 잘 모르겠어서 진실의 눈을 사용해 봤다. 친동생이 무엇인지는 모르겠다만 저 쓰레기 같은 놈이 진실로 하는 말이라는 것은 알겠다. 100퍼센트 진실이었다. 저놈의 마음에 일말의 동요도 없다. 무조건적인 진실을 얘기하고 있다는 뜻이다.

"인간세계는 참 어렵군."

친동생이 도대체 뭐란 말인가. 도대체 뭔데 저렇게 당당하고 진실된 태도를 유지할 수 있는가.

캡틴은 한 가지 사실을 캐치할 수 있었다. 아무래도 마족에게는 가족의 개념이 없는 것 같았다.

'나무에서 태어나기라도 한다는 건가?'

일단 그건 알겠다. 마족에게 가족의 개념이 없다는 건, 그렇게 놀라운 일은 아니었다. 이곳은 올림푸스. 상상하는 모든 것이 현실이 될 수 있는 그런 세상이니까.

"네 말투는 지금 당장 사형에 처해져도 할 말이 없지만. 내게 새로운 개념을 알려주었다는 점. 그리고 내 계약 상위 주체의 애완동물이라는 점을 감안하여 살려두겠다."

루펜달은 그 말에 전혀 상처받지 않았다. 애완동물? 그게 펫이지 뭐.

"네 말은 틀렸다. 시꺼먼 잡놈아."

캡틴은 루펜달이 존경스러울 정도였다. 제대로 싸우면 절대악도 힘들어할 것이 분명한 상대를, 어떻게 저렇게 자신감 넘치게 상대할 수 있단 말인가. 아마 저것은 무서울 정도로 맹목적인, 절대악에 대한 믿음 덕택인 것 같다.

"나는 애완동물이 아니다!"

거기서 '이오빠가내오빠다'인 한세아는 새로운 경지를 맛볼 수 있었다.

"나는 애완동물 1호다. 부디 꼭 붙여주면 좋겠군."

한주혁은 루펜달의 말에 반응하지 않기로 했다. 쟤가 저러는 거야 하루 이틀 일도 아니지 않은가. 애완동물이란 말을 들은 게 기분 나쁜 게 아니라, '1호'를 안 붙여서 기분이 나쁘다니. 이미 루펜달은, 한주혁의 상식으로는 이해할 수 없는 새로운 종족이 되어 있었다.

-축하합니다!
-악마의 대저택을 클리어하였습니다.

이것을 과연 클리어라고 말할 수 있을는지는 모르겠지만 일단은 클리어가 됐다.

-악마의 대저택 클리어 보상이 주어집니다.

일반 던전이었으면 또 다른 '마족의 뿔'을 얻었다는 것만으로도 충분히 만족할 만한 성과다. 충성 서약서에 꽤 서열 높아 보이는 마족 하나를 더 집어넣었다. 이거면 엄청난 보상 아닌가. 그러나 이곳은 역시 입장제한 레벨이 400인, 애초에 무력으로는 클리어가 불가능하도록 설계된 던전.
알림이 미친 듯이 이어졌다.

-평화로운 클리어를 확인합니다!
-최소의 피해로 최대의 효과를 이끌어내는 것을 확인합니다!
-최종 보스 NPC. 데미안의 권능이 되살아납니다.

그냥 클리어도 아니고 평화로운 클리어란다. 그래서 데미안의 권능이 되살아났단다. 한주혁은 일단 그건 신경 쓰지 않기로 했다. 데미안의 권능이 뭔지는 모르겠다만 일단 스킵.

-케르핀의 낙서장이 주어집니다.

'오.'

좋았다. 케르핀의 낙서장. 이거 가지고 있으면 정말 유용한 아이템이다. 아주 좋다.

-'마족의 정수'가 주어집니다.

'마족의 정수?'

뭔지 모르겠다. 확인할 겨를도 없이 알림이 이어졌다.

-'블랙 스톤 상자'가 주어집니다.

'엥?'

블랙 스톤 상자?

'상자는 처음 듣는데.'

블랙 스톤쯤 되는 유용한(사실 세계 최고의 보물) 보상이 주어질 거라고는 생각했는데. 꾸러미도 아니고 상자라니?

한세아의 입이 벌어졌다.

"으악! 대박이다!"

무엇인고 하니.

"오빠! 나한테도 블랙 스톤이 주어졌다고!"

블랙 스톤이 어떤 물건인가. 한주혁에게나 '유용한 아이템'이지. 사실은 세계가 눈에 불을 켜고 얻고 싶어 안달 난 아이템이다. 한주혁이 등장하기 전, 세계는 200년간 거우 3개를 얻었었다.

"나도 블랙 스톤을 얻은 플레이어가 됐어!"

아무래도 데미안을 살리는 그 과정이 인정된 것 같았다. 한세아는 한주혁을 꽉 껴안았다.

"이히히. 오빠 짱. 오빠 최고! 우리 오빠 짱!"

그냥 오빠 따라왔는데 블랙 스톤을 얻었다.

'미쳤다! 미쳤어, 이건!'

용돈을 100만 원. 아니. 10만 원만 받아도 신이 난다. 그런데 블랙 스톤이라니? 세계 최고의 보물이라니?

'게다가 난 오빠 동생이라고!'

힘없는 자가 보물을 가지면 독이 될 수 있지만 그녀는 아니다. 절대악의 동생 아닌가. 제값에. 적절한 곳에 잘 팔 수 있다.

'이제 나도 진짜 부자다!'

오빠 동생으로 태어나길 잘한 거 같다.

"이제 올림푸스 접어도 여한이 없어."

물론 접지는 않을 거다. 그녀도 요즘 굉장히 재미있다. 절대악 시나리오를 클리어해 나가는 것이 그녀에게도 아주 좋은 취미이자 원동력이었으니까.

"야이씨. 징그럽게. 안 떨어지냐?"

"오빠. 사랑해!"

평범한 사람은 감히 꿈에도 꾸지 못할 부를 손에 넣은 것 아니겠는가. 블랙 스톤이라니. 5조 원이라니. 사랑이 아니고 더한 것도 할 수 있다. 지금 이 순간만큼은 '이오빠가내오빠다'로서 오빠가 곤란해하는 것을 보고 싶어 하는 악취미 때문이 아니라, 진짜로 기뻐서 한주혁에게 매달렸다.

덕분에 한주혁은 온몸에 닭살이 돋는 것을 느껴야만 했다.

"안 꺼져? 진짜 친다."

그제야 한세아는 떨어졌다. 과정이야 어찌 됐든 마족 데미안도 때려눕힌 오빠 아닌가. 저 주먹에 맞았다가는 델리트될 거 같다.

천세송이 빙그레 웃었다. 그녀는 레드 스톤 꾸러미를 얻었다. 딱히 한 게 없는데도 레드 스톤을 20개나 얻은 거다.

'보상 같은 건 아무렴 어때.'

보상은 아무래도 상관없었다. 오빠한테 좋은 게 나왔으면 됐다.

"오빠는 더 좋은 거 많이 나오지 않았어요?"

한세아는 꺼지라며 밀쳐냈지만, 천세송의 어깨는 부드럽게 감싸 안았다. 천세송은 은근슬쩍 몸을 기울여 한주혁의 몸에 몸을 기댔다.

"웅."

블랙 스톤 상자에서 끝이 아니었다.

-'데블 크리스탈'이 주어집니다.

데블 크리스탈이라는 아이템까지 주어졌다. 한주혁은 어느새 품 안에 쏙 안긴 천세송의 머리를 슥슥 쓰다듬고는 보상들을 확인하기 시작했다.

'보상 알림은 도합 6개.'

개중 직접적으로 주어진 아이템을 정리해 보자면.

1) 케르핀의 낙서장
2) 마족의 정수
3) 블랙 스톤 상자
4) 데블 크리스탈

이렇게 4개였다. 그리고 두 개는 직접 보상은 아니었다만 한주혁에게 매우 좋은 보상이었다.

"데미안. 네 권능으로 델리트 필드를 활성화시킬 수 있지?"

"그렇다. 이곳은 나의 저택. 나의 권한으로 설정을 변경할 수 있다."

"2층이 대규모 마물 군락지잖아. 맞지?"

"그렇다. 쓸모없고 약한 것들이라 떼를 지어 몰려다니더군."

"나 거기서 사냥 좀 하자."

'평화로운 클리어'로 인하여, 다시 말해 집들이로 인한 클리어 덕분에 최종 보스 NPC의 권능이 되살아났고 그를 통해 델리트를 조정할 수 있게 되었다.

그리고 여기에 더해.

-악마의 대저택의 자유로운 출입이 가능해집니다.

라는 조건이 더해지면서 이제 달빛 하모니카를 활성화시키기에 최적의 환경이 조성되었다.

'이제 500개체 남았어.'

500개체 델리트시키는 게 뭐 어렵겠는가. 시간만 있으면 되는 것 아니겠는가.

집들이에 대한 개념이 전혀 없는 데미안이 물었다.

"이로써 집들이는 완료된 것인가?"

"그렇지. 나는 너에게 새로운 생명과 함께 더욱 강력한 힘을 집들이 선물로 가져온 거고. 너는 나한테 여러 가지 만찬을 베풀어줬잖아?"

"인간들은 쓸데없는 것들을 좋아하는 모양이군."

친동생이라는 이상한 것도 있다. 마족이었다면 진작에 목을 잘랐다. 무방비상태로 저렇게 달려들다니. 그런데도 살려놓았다. 인간은 특이한 것 같다.

한주혁이 씨익 웃고서 말했다.

"그렇다. 나는 2층에 가서 네가 베풀어준 만찬을 섭취하다가 돌아갈 테니 너는 네 할 일을 하면 되겠군. 집들이는 끝났다."

캡틴은 한달음에 백악관을 찾았다.

"……이상. 보고를 마칩니다."

"……."

미국 대통령은 할 말을 잃었다. 한참이나 침묵을 유지했다.

"……그러니까. 요약하자면 그곳은 레벨 제한이 400인 곳이었으며 델리트 필드였는데…… 집들이가 되었다. 이 말인가?"

"……제가 본 것이 맞다면 맞습니다."

"……."

미 대통령은 또 침묵했다.

"이제는 델리트가 해제되었고?"

"5층의 보스 NPC가 필드 설정을 자유로이 할 수 있었습니다."

보스 몬스터도 아니고 보스 NPC. 그런데 그 NPC가 집주인이고 절대악이 손님이었단다.

"거기에…… 블랙 스톤 상자를 얻었다고?"

"예. 블랙 스톤 500개가 담겨 있답니다."

"……."

미 대통령은 침묵했다. 망치로 머리를 몇 대 얻어맞은 거 같다. 아까도 충격이었는데 충격이 가시질 않는다.

"……500개."

블랙 스톤 500개면, 미국이 전쟁을 일으켜서라도 얻고 싶은 수량의 블랙 스톤이다.

"진짜 500개가 맞나?"

"예. 제 눈으로 직접 확인했습니다."

절대악이 일부러 보여준 거다. 나한테 블랙 스톤 500개 있다? 이렇게 보여준 거다.

"500개면…… 우리가 뭘 할 수 있지?"

"미 본토 전역에 핵우산을 두를 수 있습니다. 또한 매우 높은 확률로 에이즈를 완벽하게 치료할 수 있고 향후 수백 년간 전력에 대한 걱정을 하지 않아도 될 것입니다. 저 역시 자세한 내용은 모릅니다만……. 과학자들이 블랙 스톤 30개가 있으면 미국을 명실공히 세계 최강국으로 만들 수 있다고 하지 않았습니까?"

"군사적으로 말이지."

신무기 프로젝트가 진행되고 있는데 블랙 스톤 30개가 있으면 그게 된단다. 이론적으로는 말이다.

"군사적 목적 외에도……."

"모든 곳에 활용이 가능한, 인간이 사용 가능한 최상급의 자원이지."

도대체 왜 절대악은 미국 시민이 아니란 말인가. 이 정도면 제발 우리 미국 시민 좀 되어 달라고, 빌면서라도 데려와야 하는 거 아닌가.

"……잘되긴 잘됐군."

안 그래도 미 대통령이 잘하고 있다는 여론 조사가 이제는 90프로에 육박하고 있다. 미국 역사상 이 정도의 절대적 지지를 받은 대통령은 없었다. 여론조사가 잘못된 게 아니냐는 비판까지 일 정도니까. 이 지지율은 비현실적이고 말이 안 되는 지지율이었다. 일반적인 상식에서는 말이다.

'이게 절대악의 영향력.'

그 절대악이 블랙 스톤 500개를 얻었다.

'근데 우리는 절대악과 친하지!'

그래. 일단은 그거면 됐다. 블랙 스톤을 또 얻어낼 방도는 따로 있겠지.

"아참. 그런데 가장 중요한 보고가 뭐지?"

캡틴이 가장 중요한 보고가 남아 있다고 얘기하지 않았던가. 이번에 절대악이 또 엄청난 보상을 하나 얻었다고 했다. 블랙 스톤 500개보다 더 대단한 보상인가. 어떻게 그럴 수가 있지. 일단 들어나 보기로 했다.

캡틴이 말을 이었다.

"그것은……."

한주혁의 방.

대저택의 규모치고는 그다지 넓지 않은 방이다.

다만 란돌로부터 선물 받은 최고급 주문제작형 침대가 방 안을 가득 채우고 있다. 한세아는 이 침대를 일컬어 이렇게 표현하곤 했다.

오빠. 여기서 축구 해도 되겠어.

물론 과장이 많이 들어가기는 했지만 어찌됐든 한주혁의 방에 있는 침대는 굉장히 크고 아주 안락하다.

한주혁은 모르지만 이 침대의 매트리스를 구성하는 스프링에는 레드 스톤이 녹아들어 있으며 전 세계에 딱 99개만 생산된, 세계에서도 최고급 부호들을 위하여 제작된 특별 제작 침대다.

천세송은 그 침대에 앉았다.

이 침대에 앉을 때는 언제나 기분이 좋다. 그녀는 방긋방긋 기분 좋게 웃었다. 웃지 않으려고 해도 저절로 웃음이 새어 나왔다. 블랙 스톤 500개라니.

"그럼 이제 우리 오빠 부자 되겠다. 그렇죠?"

"……응? 응."

이제 부자 되는 건 아니고 이미 부자이긴 한데. 그것도 세계 최상위급 부자.

"블랙 스톤 500개라니. 정말 대단해요. 역시 오빠가 최고예요."

한주혁은 요즘 오빠가 최고라는 말을 두 명에게서 듣는다. 한 명은 한세아고 한 명은 천세송이다. 한세아가 그런 말을 하면 온몸이 쪼그라들고 한세아를 향한 분노의 주먹을 쏟아내고 싶지만, 천세송이 이런 말을 하면 어깨가 쫙 펴진다.

"그렇지? 역시 내가 짱이지?"

"응응."

천세송이 고개를 끄덕였다. 원래 어지간한 사람은 천세송에게 명함도 못 내민다. 그녀의 눈부신 미모 때문에 접근 자체를 잘 못하니까.

자기 자신에게 굉장한 자신감이 있는 남자 혹은 주제 파악을 정말로 못하는 눈치 없는 남자 정도가 천세송에게 접근한다. 그마저도 천세송은 가차 없이 자른다.

일반 사람들이 보기에 천세송은 도도하기 그지없는, 도도함의 끝판왕 같은 여자다. 하지만 한주혁 앞에서는 완전히 달랐다.

그녀는 마치 아기 고양이처럼 한주혁의 품에 파고들었다.

"오빠 만나서 너무 좋아요."

자신의 품에 안겨드는 천세송을 안은 한주혁은, 고의인지 실수인지 몸을 뒤로 눕혔다. 둘의 몸이 겹쳐져 침대에 눕게 됐다. 한세아가 봤다면 무조건 고의라고 확신했을 거다.

한주혁은 별로 미안하지 않은 표정으로 말했다.

"아. 미안."

천세송의 얼굴이 붉어졌다. 얼른 일어나려고 했는데 한주혁이 팔에 힘을 주어 못 일어나게 잡았다. 천세송의 뺨이 한주혁의 가슴에 닿은 상황.

"좀만 이러고 있자."

"……."

한주혁의 누운 상태로 고개를 살짝 들어 천세송을 봤다. 천세송의 눈꺼풀이 파르르 떨리고 있는 게 보였다. 이 정도만으로도 긴장을 하는 모습이 귀엽기 그지없었다.

'진짜 예쁘네.'

매일 느끼는 건데 오늘따라 새삼스레 더 예쁘다.

"우리 세송이. 진짜 예쁘네."

"요즘 조금 못생겨졌나 봐요."

"왜?"

"어제 세아랑 대학로에서 데이트했는데 길거리 캐스팅이 안 되던데요?"

번화가 한 번 나가면, 하루가 멀다 하고 온갖 연예 기획사들이 다 붙었었다. 하지만 이제는 아니다. 강재명이 나서서 대형 연예 기획사들에게 조심하라고 경고해 놓은 덕분이다.

절대악의 사모님 되실 분께 들이대지 말라고.

딱 그 정도만 말했더니 모두 알아들었다. 기획사 사장들은 길거리 캐스팅을 담당하는 담당자들에게 이렇게 경고했다.

"자. 이 사진 보고 얼굴 정확하게 기억해. 우리 외에는 이분 신상 팔리지 않도록 조심하고 또 조심해. 사진은 보는 즉시 머릿속에만 입력하고 태워 없앤다."

"이분이 누구신데 그래요?"

"알면 다쳐. 그냥 절대 건드리면 안 될 높은 분이라고만 생각하면 돼. 어쭙잖게 접근했다가는 3대가 망한다. 혹시라도 우리 때문에 신상 털리면 3대가 아니라 그냥 우리랑 관련된 모든 사람이 망하는 거야. 망하는 것도 그냥 망하는 게 아니라 폭삭 망해."

물론 강재명이 그렇게까지 얘기하지는 않았다.

그는 분명 정중하게 요청했다. 조심해달라고. 그러나 원래 장난으로 던진 돌에 개구리 맞아 죽는 법이다.

강자(절대악의 비서실장이므로) 강재명이 '조심하세요'라고 그냥 정중하게 말했을 뿐인데 약자(?)인 사장의 귀에는 '조심하지 않으면 3대를 말려 죽인다. 알아들었냐?' 이렇게 들렸을 뿐이다.

담당자들은 하나같이 생각했다.

'뭐야? 무슨 대통령 딸이라도 돼?'

앱솔루트 네크로맨서는 일단 얼굴을 잘 드러내지 않을뿐더러 사람들 앞에 설 때에는 일부러 못생긴 얼굴로 서곤 한다.

너무 예뻐서 피곤한 경우가 많으니까. 앱솔루트 네크로맨서가 어마어마하게 아름답다는 사실은 익히 알려져 있으나 그 얼굴을 정확하게 아는 사람은 많지 않다. 한주혁과 강재명에 의하여 천세송의 얼굴이 담긴 사진이나 동영상은 온라인상에서도 자취를 찾을 수 없는 상태고.

'그나저나 엄청 예쁘네.'

그냥 얼굴만 보고 캐스팅해도 될 정도다. 연기력? 감성? 그런 거 다 필요 없는 수준이다. 그냥 얼굴로 모든 것을 압살할 정도의 외모.

사장들은 당부하고 또 당부했다.

"하여튼 절대 건드리지 마. 봐도 모른 척. 절대 폐 끼치지 않도록 조심하고. 누군지 궁금해하지도 말고. 그분이 만에 하나라도 우리 때문에 매스컴의 관심을 받게 되는 순간. 진짜 끔찍해져. 알겠어?"

한편 한주혁은 피식 웃었다. 언제는 길거리캐스팅을 하도 많이 당해서 귀찮아하더니 이제는 좀 아쉬워하는 거 같다.

"왜? 아쉬워?"

"하나도 안 아쉬워요. 캐스팅은 필요 없는데…… 오빠한테 못생겨지는 건 싫단 말이에요."

한주혁은 내심 황당했다. 천세송이 어떻게 이런 걱정을 한단 말인가.

누가 봐도 예쁘고. 이리 봐도 예쁘고. 저리 봐도 예쁘고. 어떻게 봐도 예쁜데. 남자고 여자고 할 것 없이 일단 지나가면 한 번쯤 뒤돌아보며 감탄하는 외모를 가졌는데. 그럼에도 불구하고 못생겨지는 것을 걱정하고 있다.

마치 100조 원을 가진 부자가 나 내일 거지 되면 어떡하지? 하고 걱정하는 것과 뭐가 다르단 말인가.

"너 진짜 예뻐. 진짜로. 세상에서 제일 예뻐."

둘은 침대에 누워 도란도란 이야기꽃을 피웠다. 그 이야기꽃 속에는 '악마의 대저택' 클리어 보상에 관한 것도 있었다.

"마족의 정수는 사용했어요?"

"사용했어. 바로."

마족의 정수는 데미안을 잡았을 때 주어진 보상이다. 원래는 클리어가 불가능했던 던전. 보상도 만만치 않게 좋았다.

"덕분에 마족의 뿔이 강화됐어."

마족의 정수는 마족의 뿔을 강화시킬 수 있는, 일종의 강화 아이템이었다.

"강화요? 어떻게 된 건데요?"

"효과가 훨씬 좋아졌어."

한주혁은 마족의 정수로 인해 강화된 마족의 뿔에 대해 떠올렸다.

<마족의 정수로 강화된 마족의 뿔>

마족 데미안의 정수리에 돋아나 있던 뿔입니다. 마족의 정수로 강화된 상태입니다. 이 뿔을 사용하면 마족 데미안에게 연락을 취할 수 있고 소환을 할 수 있습니다.

효과:

1) 데미안과의 연락. 모든 지역에서 연결 가능.

2) 데미안 소환. 같은 차원 내의 모든 지역에서 연결 가능.

필요 조건: 데미안과의 계약. 계약 상위 주체.

필요 M/P: 400

쿨타임: 32시간

필요 M/P와 쿨타임이 늘어나기는 했지만 그건 그다지 문제되지 않았다.

"이제는 어떤 지역에 있어도 연락이 가능해."

이것은 '권능의 귓말'보다도 더 상위의 능력이었다. 예전 '마족의 뿔'과 관련된 설명을 살펴보면 효과가 이러했다.

1) 데미안과의 연락. 같은 차원 내의 모든 지역에서 연결 가능.

그런데 이제 '같은 차원'이라는 조건이 사라졌다. 한주혁이 정확하게 모르는 또 다른 '차원'이 존재한다는 얘기였다. 이를테면 마계 같은.

권능의 귓말 같은 경우는 '같은 차원'에서 통용되는 능력. 마족의 뿔은 '타 차원'까지도 통용되는 능력.

"그러면 이제 던전에 있어도 데미안을 부를 수 있어요?"

"응."

권능의 귓말처럼 사용할 수 있는 거다. 미국 대륙에 있든, 어느 던전에 있든. 자유롭게 마족 데미안을 소환할 수 있다.

"근데 이거보다 더 좋은 건……. 마족의 정수가 소량 남았었는데 이걸로 가든의 뿔까지도 강화가 가능했다는 거야."

"가든은 데미안보다 약하잖아요."

"대신 활용성이 훨씬 높아. 데미안보다 약하지만 어쨌든 무지 강력한 놈이잖아?"

쉽게 표현해줬다.

"부려먹기 딱이야."

"아하!"

"필요 M/P와 쿨타임도 적고."

가든이라는 패와 데미안이라는 비장의 패를 얻었다. 하지만 보상은 거기서 끝이 아니었다. 가장 중요한 보상은 바로 '데블 크리스탈'이었다.

"데블 크리스탈은 활성화 조건이 따로 필요하다고 했죠?"

"응. 그 조건이 뭔지는 모르겠어. 하지만 보상은 확실해."

"보상이 뭔데요?"

천세송은 처음의 부끄러움도 잊고 어느새 한주혁의 품에 파고들고 또 파고들었다. 한주혁의 어깨에 머리를 기대고 누웠다. 왼손은 한주혁의 가슴에 올렸다. 그 상태로 고개를 들어 한주혁을 쳐다봤다.

"몬스터 스톤 광산 생성."

한주혁은 피식 웃었다.

'이건 진짜 사기 아니냐?'

아무리 입장제한 레벨이 400인 던전을 클리어했기로서니 광산 생성 크리스탈을 줘버리다니.

'그 규모가 어찌 될지는 모르겠지만……'

정말 운이 좋다면 파이라 대륙 같은 부호 대륙을 만들 수도 있다. 그때는 이 대한민국이 통째로 변할 거다. 이미 절대악으로 인하여 엄청나게 변하긴 했지만.

설명에 따르자면 특정 조건을 어떻게 클리어하느냐에 따라 광산의 규모가 결정된다고 했다.

"오빠. 더더더 부자 되는 거예요?"

"그래. 더더더 부자 돼서 우리 세송이 먹여 살릴게."

천세송도 앱솔루트 네크로맨서다. 혼자서도 잘 먹고 잘살 수 있다. 그 사실을 한주혁도 천세송도 잘 안다.

"오빠가 안 먹여 살려도 돼요. 나는 오빠만 있으면 돼요."

천세송은 배시시 웃었다.

"나 오빠한테 시집갈래요!"

그녀는 부끄러움도 잊고 몸을 일으켰다. 어느새 천세송이 한주혁을 내려다보게 됐다. 한주혁이 피식 웃었다.

"나한테 시집올래?"

너 이제 겨우 20살인데? 천세송이 세차게 고개를 끄덕였다.

"응응. 갈래요."

"진짜로?"

"응응. 진짜로."

"내가 만약에 망해서 거지 되면? 성좌. 제국. 마계. 나한테는 위협이 아직도 많은데."

상황을 보아하니 마계가 있으면 그 반대되는 무언가도 있을 것이고. 결국 '절대악 VS 7개의 성좌' 시나리오는 단순히 절대악과 성좌의 싸움이 아닌 더욱 큰 스케일의 무언가로 이어질 확률이 높았다.

천세송은 한 치의 망설임도 없이 말했다.

"그럼 내가 연예인 해서라도 오빠 먹여 살릴게요!"

오빠가 망하면 내가 먹여 살리면 되지. 뭘 해도 오빠 한 명 정도 못 먹여 살리겠어. 천세송은 진심으로 그렇게 생각했다. 까짓것 모델이든 뭐든 하지 뭐.

"걱정 마요. 오빠가 진짜 망하더라도 나는 오빠 먹여 살릴 수 있어요."

한주혁이 가볍게 웃고 말았다.

"안 망해."

망할 것들은 성좌들이지. 그리고 아직도 정신 못 차리고 절대악을 공격하고 있는 기득권 및 꼴통 언론들.

"내가 걔네 다 때려 부술 거거든."

마침 '달빛 하모니카'도 활성화할 수 있게 되지 않았는가. 이번 대저택 클리어로 인하여 얻은 게 굉장히 많다. 달빛 하모니카를 통해 루프라 던전까지 활성화시키고 클리어하면 한 단계 더 성장할 수 있을 거다.

한주혁이 별로 맥락 없이 말했다.

"결혼하자."

그 말에 천세송의 커다란 눈망울에서 눈물이 뚝뚝 떨어져 내렸다. 눈은 우는데 입은 웃었다. 세상을 다 가진 것처럼.

주혁의 프로포즈에는 비싼 선물도 없었고 무드도 없었지만 천세송은 정말로 기뻐했다.

그렇게 하루가 지났을 때. 한주혁이 굉장히 호의적으로 대하고 있는, 꽤 본받을 만한 어른이라고 생각하고 있는 LZ 연합의 구본부로부터 흥미로운 제안을 듣게 됐다.

한주혁이 고개를 끄덕였다.

"……그렇군요."

그 자리에서, 아직은 작은 태풍이 일기 시작했다.

10장
비장의 패를 가져왔다

며칠 전.

구본부는 조해성과 만남을 가졌다. 조해성은 구본부보다 나이가 훨씬 어렸다. 이제 겨우 39세. 아직 40줄에 들어서지도 못한 사람이지만 구본부는 조해성을 상당히 존중해 줬다.

서울 시내의 한 한정식집. 오늘은 손님이 별로 없는 건지 주변은 굉장히 조용했다.

조해성 말했다.

"……저는 이제 뜻이 별로 없습니다."

"그렇지 않네. 자네는 아직 젊어. 젊기 때문에 뭐든지 할 수 있어."

"어르신. 저는 지난 10년간. 현실의 벽이 너무나 높음을 경험했습니다."

"그 지난 10년간. 그 10년 속에 절대악이 없었지."

조해성은 최연소 국회의원으로 당당하게 국회에 입성한 젊은 정치인이다. 지금은 이름조차 언급되지 않는 지지율 0프로에 근접하는 대선주자이기도 했고.

그는 10대 때부터 정치에 관심이 많았고 정권에 저항하는 학생운동을 하기도 했다. 20대 초반에는 한국의 부조리함에 분노하여 노동 운동을 하기도 했다. 그 와중에 구본부와 인연이 닿았다.

구본부가 말했다.

"나는 자네가 왜 정치를 하고 싶어 했는지 잘 알고 있어. 10년 전의 자네는 분명히 이렇게 얘기했었지. 상식이 통하는 세상을 만들고 싶다고."

"……."

"비상식이 상식처럼 벌어지는 이 대한민국에 작은 파문이라도 일으키고 싶다고. 자네가 직접 그렇게 얘기했어."

"……."

구본부는 볼 수 있었다. 조해성. 이 젊은 정치인의 눈빛은 아직 죽지 않았다. 아주 작은 꼬투리를 잡혀 구속될 뻔한 적도 많다. 기존 기득권은 이런 새로운 타입의 정치인을 반기지 않았다.

부적절한 대연합 독점 시스템. 방신비리. 언론개혁. 기득권 개혁. 신귀족 프로젝트 타파.

이런 걸 외쳐대는 젊은 정치인을 누가 좋아하겠는가.

결국 조해성은 언론에서 욕심 많고 부패한 대표적인 정치인으로 거론되면서, 지역민들의 신망을 많이 잃게 되었고 그는 자신감을 잃어버렸다. 아무리 노력해도 사람들은 알아주지 않는다.

어릴 때 교과서에서 배웠던 어른다운 어른은 없었다. 상식적인 세상 만드는 거. 자기 혼자서는 할 수 없는 일이라는 것을 뼈저리게 배워왔다.

"묻겠네. 그런 세상을 여전히 만들고 싶은가?"

"……."

조해성은 한참이나 생각했다.

"물론입니다."

입술을 깨물었다. 그건 그의 꿈이었다. 사회 소외계층들. 힘없는 서민들이 두 다리 뻗고 잘 수 있는 그런 세상을 만들고 싶다.

권력자가 비겁하게 언론을 조종하며 자신에게 유리하게 여론을 조작하는 그런 행태. 없애버리고 싶다. 특권의식에 사로잡혀 자신들을 귀족이라 생각하는, 기존 기득권에게 경종을 울리고 싶다. 그 생각은 여전하다. 현실의 벽이 너무 높을 뿐.

"자네 혼자서는 불가능해. 그건 10년간 느꼈겠지."

"……."

"그러나 절대악이 함께한다면 가능하네."

"절대악은…… 정치에 관심이 없다고 알고 있습니다. 저는 정치에 관심이 없는 이에게 정치를 도와달라고 얘기할 만큼, 뻔뻔하지 않습니다."

구본부가 씨익 웃었다.

"이 친구. 절대악을 너무 가볍게 생각하는구만."

"……예?"

이 세상에 누가 있어 감히 절대악을 가볍게 생각한단 말인가.

젊은 정치인이라도 절대악은 결코 가볍게 생각하지 않는다. 이미 세계의 대통령이나 다름없는 엄청난 힘을 가진 사람인데.

"크, 큰일 날 소리를 아무렇지도 않게 하십니다. 저 그러다 어디 묻힙니다."

"그건 비상식의 영역이지. 절대악은 상식적인 사람이네."

구본부가 본 절대악은 분명히 그랬다.

"어쩌면 그는 세계가 알고 있는 것처럼. 엄청난 영웅은 아닐지도 모르네."

바로 옆에서 본 결과. 그랬다. 절대악은 영웅이 되기 위해 노력하지 않았다.

"그냥 상식적인 사람이야."

불의를 보면 화를 내고. 불합리함을 보면 불쾌해하고. 특권의식을 부리는 기득권을 인정하지 않고.

"사람 위에 사람 없는 그런 사람."

"……."

사람 위에 사람 없는 건 당연한 얘기다. 사람은 사람이라는 이유만으로, 인간이라는 이유만으로 존중받아 마땅하다.

조해성은 교과서에서 그렇게 배워왔고 여전히 그렇게 생각하고 있다. 그러나 세상은 그게 틀렸다고, 항상 그렇게 가르쳐 줬었다.

"절대악과 밥 한 끼 정도는 주선해 줄 수 있을 거야."

물론 절대악이 거부한다면 어쩔 수 없지만.

"절대악은 거절하지 않을 걸세. 왜냐하면 그분도 상식이 통하는 세상을 바라는 사람이거든."

많은 거 바라지 않는다. 그냥 상식이 통하면 된다. 노력하는 자 모두가 성공할 수는 없지만, 사회 구성원들이 납득하는 수준에서의 보상은 있어야 하는 게 맞다. 그런 세상이 오길 소원한다.

"정치를 도와달라고 하지 말게. 그냥 밥 한 끼 먹고 커피 한 잔하는 거야. 그리고 자네 생각을 진실되게 얘기해 보게. 절대악은 상식이 통하는 사람이니까."

그때까지 조해성은 이렇게 생각했다.

'겨우 밥 한 끼 먹는 걸로…… 뭐가 어찌 되기는 하겠냐마는……'

그래도.

'그분을 한번 만나보고는 싶다.'

약간의 팬심이라고 해도 좋았다. 세계를 마음대로 휘두를 수 있는 힘을 가지고 있음에도 불구하고, 어쩌면 소시민(?)처럼 살아가고 있는 사람. 상식을 여전히 지키고 있는 사람. 기득권이 되었음에도 불구하고 특권의식을 가지지 않은 사람.

'이건 어쩌면 마지막 기회일지도 모른다.'

한 번 해보기로 했다.

"자리를…… 주선해 주시면 감사하겠습니다."

한주혁의 대저택. 그곳에 구본부가 찾아왔다. 구본부가 말했다.

"일 잘하는 친구 하나. 필요하지 않습니까?"

"……예?"

강재명 같은 아주 좋은 인재를 소개시켜 주려는 건가. 구본부가 설명했다. 설명을 다 들은 한주혁은 고개를 끄덕였다.

"음."

그냥 뭐. 밥 한 끼 먹는 것 정도는 그렇게 어려운 건 아닌데.

"저는 아직 정치에 뜻이 없어서요."

지금 한주혁은 자신의 일로도 바쁘다. 메인 시나리오는 점점 확장되고 있고 에르페스 제국도 점차 안정기에 접어드는 와중이다. 남들은 모르지만 한주혁은 이미 전쟁을 준비하고 있다.

구본부가 고개를 끄덕였다.

"전문가는 전문가에게 맡기는 것이 효율적이지요."

그래서 굳이 돈 주고 사람 쓰는 거 아니겠는가.

"공짜로 부려먹을 수 있는 아주 좋은 친구입니다. 상식이 통하거든요."

한주혁이 피식 웃었다. 구본부가 저렇게 말할 정도면 상당히 괜찮은 사람일 확률이 높았다.

'이주랑 씨만 봐도.'

재벌가의 손녀로 태어났지만 특권의식은 눈곱만큼도 찾아볼 수 없지 않은가.

'구본부 연합장님이 이렇게 말할 정도면. 한 번쯤 밥 먹어보는 건 나쁘지 않지.'

아무리 절대악이 대단해도, 밥은 먹고 살지 않는가. 그래서 결정했다.

"약속 잡아주세요."

그런데.

"밥 한 끼 먹는 걸로 뭐가 어떻게 될까요?"

좀 미안한 말이긴 하지만.

"그분…… 저 이름도 처음 들어봐요."

일찍 치러지는 조기 대선.

이름도 처음 들어본다. 조해성. 대선주자인지도 몰랐다.

애초에 39세라는 젊은 나이에 대통령 선거에 도전하다니.

듣자 하니 이번을 마지막으로 은퇴하려고 했단다. 어차피 가능성 없는 도전. 후회 없이 마무리하고 싶어서 대통령 선거에 출마했다나 뭐라나.

'그 사람의 정치를 도와줄 생각은 없는데.'

그건 확실히 말했다. 그는 이미 바쁘다. 정치에 신경 쓸 여력이 없다.

구본부가 말했다.

"밥만 먹어주시면 됩니다. 얘기가 잘 통한다면 커피 정도까지는 괜찮겠죠."

⌐

한주혁은 말 그대로 조해성과 밥을 먹고 커피만 마셨다. 그 와중에 한주혁은 조해성에 대해 느낄 수 있었다.

'이 사람. 진짜 괜찮은 사람이네.'

생긴 건 좀 잘생긴 동네 형같이 생겼는데. 강재명을 통해 알아봤는데 이 사람의 행보도 참 독특했다. 독특한 정도가 아니라 천재였다.

의사면허도 있는데 사법고시도 최연소로 패스했단다. 그런데 대형 로펌의 스카웃을 전부 거절하고 인권변호사로 활동한이력까지 있다. 지금은 10평형대 원룸에서 혼자 지낸단다. 국회의원까지 한 사람인데.

한주혁이 악수를 건넸다.

"좋은 만남이었네요."

"저 역시. 정말 즐거운 만남이었습니다. 이 자리를 빌려 말씀드리지만 저는 절대악의 팬이었습니다. 헐렐루야의 3만 번째 가입자이기도 하고요."

둘은 화기애애하게 인사를 나누고 헤어졌다. 집으로 돌아온 한주혁에게, 한세아가 물었다.

"오빠. 나도 얘기는 대충 들었는데. 이게 뭐가 의미가 있어?"

오빠는 새로운 사람 만나는 것을 꺼리지 않는다. 오히려 좋아하는 편이다. 그런데 그거랑 조해성 씨를 도와주는 거랑 무슨 상관이 있는지 모르겠다.

"글쎄."

"밥 먹고 커피 마시고. 이게 그렇게 중요해? 구본부 아저씨가 직접 그렇게 애걸복걸할 정도로?"

"그 정도는 아니었어."

애걸복걸은 안 했다. 그냥 제안 한 번 했고, 한주혁은 그 제안을 받아들인 것뿐이다.

그렇게 1주일이 흘렀을 때. 한국은 충격에 휩싸였다. 한세아가 입을 쩍 벌렸다.

"……오빠. 이것 봐."

"뭔데?"

그녀는 스마트폰을 들고 있는 상태.

"나 솔직히 조해성 아저씨 이름도 몰랐어."

지지율이 거의 0이었다. 그냥 없는 사람이라고 보면 됐다.

"그런데 1주일 만에 지지율 급등. 이거 3개 여론조사 기관에서 발표한 거야. 지금 지지율이 20프로에 육박해."

"……."

아니. 뭐지. 한주혁 본인도 황당했다.

"오빠랑 밥 먹었다고……. 이렇게 된 거 같은데?"

"그게 말이 되냐? 나랑 밥 먹었다고 어떻게 지지율이 이렇게 올라?"

"그게 말이 되잖아, 지금. 오빠가 정치인이랑 밥 먹은 거 처음이잖아. 그래서 그런 거 같은데?"

지난 1주일간 한주혁은 JTBN을 통해 '데블 크리스탈'의 존재를 세상에 알렸다. 그것만으로도 한국의 국격이 미친 듯이 높아졌다. 파이라 대륙 같은, 광산을 만들어낼 수도 있는 거니까. 국제 신용도가 급상승했고 투자가치가 재평가되었다.

그런데 이 상황에서 절대악이 한 정치인과 밥을 먹었다. 인터넷과 SNS를 중심으로, 그리고 젊은 층을 중심으로 하여 열풍이 일었다.

-이것은 절대악 열풍인가, 조해성 돌풍인가!

-한국에 불어닥친 핵폭풍!

-지지율 급등한 꼴찌의 반란!

형렐루야 연합의 연합원들과 수많은 사람들은 이렇게 생각
했다. 절대악은 영웅이다. 그 영웅은 기득권들 개혁을 원한다.
그리고 그 개혁의 가능성을 조해성에게서 봤다.

"메이져 언론들. 종편은 거의 다 절대악 욕하잖아?"

여전히 그렇다. 세계 유수의 언론들이 절대악을 칭찬. 아니
찬양하기 바쁜데 국내 언론만 유독 그렇다. 그러나 대중은 이
제 바보가 아니다. 과거처럼 언론이 휘두르는 칼에 휘둘리지
않는다. 대한민국 국민들은 그렇게 바보가 아니다.

"절대악은 개혁을 원해. 지금까지 행보만 봐도 그렇잖아?"

"우리도 힘을 보태야지."

SNS를 중심으로 젊은 층의 선거 운동이 시작되었다. 그 속
도와 열정이 상상을 초월했다. 젊은 사람들이 거리에 쏟아져
나왔다. 조해성으로부터 돈을 받은 것도 아닌데, 스스로 '조사
모'를 만들어 선거 유세 운동을 시작했다.

일단 한번 조명받기 시작하자 조해성의 행보는 거침없었다.
조해성이 어떻게 살아왔는지. 어떤 운동을 했는지. 지금 어떻
게 살고 있는지⋯⋯. 굳이 밝히지 않아도 알아서 알려졌다.

"대박이다."

"이런 천재가 이렇게 살아?"

절대악 열풍은 여전히 꺼지지 않았다. 그 열풍은 조해성 돌

풍을 만들어냈다. 정치권은 비상이 걸렸다.

"이, 이게 도대체 말이 되는 얘기입니까?"

"무슨 밥 한 번 같이 먹었다고 일이 이렇게 진행됩니까?"

원래 양강구도였던 선거판이 완전히 뒤바뀌었다. 절대악이 그냥 밥 한 번 먹었다는 걸로.

"문제는…… 조해성 이놈은 깔래도 깔 게 별로 없습니다."

"털어도 털어도 이렇게 안 털리는 놈은 처음 봅니다. 선거 전략을 다시 짜야 합니다. 그런데 정말 문제인 것은……."

정말 끔찍한 것은.

"절대악이 그놈을 지지하고 있다는 사실입니다."

설령 조해성에게 아주 큰 흠이 있다 할지라도. 그것은 절대악의 후광에 잡아먹힐 것이다. 그건 자명한 사실이었다. 왜냐하면 절대악이니까. 절대악이라는 세 글자가 그것을 증명하고 있지 않은가.

"절대악이 공식적으로 지지한다는 성명은 없지 않았소! 그리고 절대악은 정치인도 아닌데 무슨 지지란 말입니까!"

"지지한다는 성명은 없었는데……. 지금의 상황에 딱히 입장도 내놓지 않고 있습니다. 암묵적인 동의라는 뜻이고, 국민들이 열광하고 있습니다. 절대악이 지지하는 첫 번째 정치인이니까요."

"아니. 아무리 그래도 그렇지…… 이게 말이 됩니까?"

좀 지켜보면 분명히 이 열풍은 잦아들 것이다. 갑자기 튀어나온, 말도 안 되는 후보다. 39세? 한국에서 39세 대통령이 나올 수나 있단 말인가? 이건 말도 안 된다. 어불성설. 있을 수 없는 일이다. 39살짜리 애송이가 어떻게 정치를 한단 말인가.

"말이 안 됩니다."

그런데 절대악은 그 말도 안 되는 걸 맨날 해왔다. 이번에도 마찬가지일 거 같다.

1주일 만의 지지율 폭등. '조해성'과 관련한 내용이 실시간 검색어 1~10위까지를 휩쓸었다.

절대악과 밥 한 번 먹었고 분위기가 좋아 커피까지 마셨는데. 그게 언론에 알려지면서 이렇게 됐다. 불과 1주일 만에.

"……오빠 대박이네. 나 우리 오빠가 대단한 줄은 알았는데……. 이 정도일 줄은 몰랐어."

한세아도 몰랐는데.

"……나도 몰랐어."

한주혁도 몰랐다. 좀 황당했다. 아니 무슨 밥 한 번 먹은 걸로 이런 돌풍이 일어나?

그리고 다시 하루가 지났을 때. 시르티안과의 회의를 위하여 프루나에 있는 그 시점에. 프루나에 무언가가 나타났다.

항시 활성화시켜 놓고 있는 광역탐지와 심안에 뭔가가 잡혔다.

'군단?'

그것도 이쪽에 상당히 악의적인 감정을 품고 있는 것 같다. 익숙한 기운도 느껴졌다.

'오호라.'

성좌의 느낌이다. 프루나에 대놓고 진격을 해왔다. 무슨 꿍꿍이인지 모르겠다. 요즘 할 게 너무 많아서 추적 안 하고 있었는데 알아서 제 발로 찾아왔다.

"주군. 어떻게 할까요?"

"내가 직접 나간다."

"분명 꿍꿍이가 있을 것입니다."

그렇지 않고서야 절대적 약세인 성좌가 대놓고 나타났을 리는 없지 않은가.

"괜찮아. 내가 더 세."

한주혁이 프루나 성벽 위에 섰다. 그리고 그는 볼 수 있었다.

'어라?'

새로운 것을 봤다.

'저건……!'

약간은 익숙한 느낌.

'마족?'

그런데 마족은 아니었다. 그가 경험했던 마족은 세 명. 데미안과 켄더스. 그리고 가든이다.

개중 켄더스는 악마의 대저택 1층의 보스로서 보스 NPC라기보다는 보스몹에 가까운 형태였다.

'상위서열로 갈수록 잘생겨지는 것 같은데.'

데미안의 말을 빌리자면 마족의 마력은 굉장히 정순한 힘이고 이 정순한 힘이 육체의 노폐물을 모두 정화해주어 미적으로 아름답게 된다고 하는데, 그건 시스템 설정이라 그다지 중요하게 생각하지 않았다.

그런데 눈앞에 저놈.

'그냥저냥 생겼네?'

정확히 말하자면 '저놈들.'

'가장 앞선 놈이 선봉인가?'

성벽위에서 내려다봤다. 약 3천에 이르는 군단이 몰려와 있었다. 선봉에는 광휘의 지휘자 채순덕과 한주혁의 눈에 들었던 마족 같은 놈 하나가 서 있었다.

'채순덕은 말에 타고 있고. 저놈은 허공에 뜬 상태.'

마족과 비슷하면서도 다르다. 가장 큰 차이점은 등에 4장의 검은색 날개가 달려 있다는 것이었다.

"또 맞고 싶어서 찾아온 거냐?"

이쯤 되면 얻어터진 뒤, 분하고 분해서 계속해서 도전하는 게임 속 초딩 같은 느낌이랄까.

"절대악. 너에게 전쟁을 선포한다."

"언제는 뭐 선전포고하고 쳐들어왔냐? 뭐든 준비해서 뒤통수 치는 게 늬들 전문 아냐?"

그런데 프루나로 쳐들어와 마성격이 걸려 있는 걸 알 텐데.

또 어떤 효과무시 필드를 펼칠 수 있게 됐나.

'그렇겠지, 뭐.'

아마도 그럴 거다. 그런데 이제 긴장이 안 된다.

'데미안을 보고 나서 그런가.'

올림푸스를 플레이하면서 자신보다 강하다고 느낀 상대는 딱 세 번 만났다.

한 번은 스승이다. 또 한 번은 전에 기천을 반역자로 몰아넣을 때의, 기척을 느끼지 못했던 제국 NPC다. 마지막은 데미안이고. 그런 강자들을 경험하고 나자 채순덕은 아무것도 아닌 것처럼 느껴졌다. 저딴 게 무슨 대한민국을 뒤에서 조종하는 로얄 귀족 패밀리란 말인가.

"네가 자신만만한 것도 여기서 끝이다. 절대악. 성좌들에게는 전부 델리트 권능이 주어지지."

채순덕은 겉으로는 그렇게 얘기하면서 한주혁에게는 귓말을 보냈다.

-절대악. 내가 데려온 이 날개 달린 놈이 무엇인지 아느냐?

한주혁이 피식 웃었다.

'얘가 또 뭘 꾸미나?'

어디 한번 얘기나 들어보기로 했다. 무슨 생쇼를 할지 벌써부터 기대됐다.

-바로 타락천사다.

-타락천사?

어. 그것참 무서운데.

'딱 봐도 가든보다 약하구만.'

한주혁은 가든과 싸우면 아마 이길 거라고 생각한다. 상성 우위가 있기 때문이다.

상성우위 없이 순수 능력으로만 싸운다면 승패를 장담할 수가 없다. 그런데 저놈은 아니다. 그냥 싸우면 이긴다. 이건 강자들을 심안을 통해 경험해 본 경험값이다.

느껴진다. 저놈, 별로 안 세다.

-가진 바 능력 자체는 네게 미치지 못할 것이다. 그러나 타락천사에게는 특별한 권능이 있다.

채순덕이야 원래 저렇게 플레이하는 클래스 아닌가. 직접적인 힘과 힘의 대결 대신, 시스템상 설정을 이용하여 플레이하는 클래스.

-특별한 권능?

-그래. 타락천사는 천사이지만 마족의 힘을 동경하여 스스로 천사의 직위를 버린 성족이다.

한주혁이 전혀 모르는 척 되물었다.

-마족? 성족? 그런 게 있었나?

-그렇다. 올림푸스 세계에는 마족도 있고 성족도 있다. 그들은 엄청난 힘을 가지고 있어. 상위 서열의 마족과 성족은 너조차도 이길 수 없을 것이다.

응. 나 알아. 내 꼬붕이 마족 서열 2위야. 1위 씹어 먹겠다고 이를 갈고 있는 서열 2위.

-타락천사는 성족도, 마족도 아닌 제3의 종족이라 볼 수 있지.

-그게 나랑 무슨 상관이지?

-타락천사는 마 속성 개체에게 절대적인 상성우위를 가진다. 다만, 마족을 제외한 다른 마 속성 개체에게 말이다.

마족의 힘을 동경하여 마족이 되었는데, 마족을 치지 못하는 것 같다.

다만, 마족을 제외한 '마력을 가진' 종족에게는 절대적 상성우위를 가진단다.

-너는 인간이다. 인간 중에서도 마 속성을 가진 개체는 타락천사를 결코 이길 수 없어. 이건 시스템으로 설정된 값이다. 네가 아무리 날고 기어도 어쩔 수 없어.

응. 아닌데.

'나 케르핀의 낙서장 또 생겼는데.'

어지간한 시스템 설정은 이 케르핀의 낙서장으로 씹어 먹을 수 있다. 그런데 횟수 제한이 3회다. 겨우 이 정도에 쓸 수는 없다.

-그래서 하고 싶은 말이 뭔데?

-내게 항복해라. 그러면 델리트는 면하게 해주겠다. 너의 명성. 너의 부. 모두 인정해 주겠다. 더 이상 성좌들과 척을 지지 않도록 하자. 상호불가침조약을 맺는 것이다.

한주혁은 어이가 없어 웃고 말았다.

'저 3천 군단은…… 타락천사의 복사판 같은 건가.'

거의 그런 느낌이다. 타락천사가 자신을 복제한 것 같은 느낌.

'이렇게 딜을 해온단 말이지.'

이게 테르민의 뜻인지 아니면 채순덕 독단 행동인지는 모르겠다.

성좌가 제안을 해온 거다. 상호불가침조약을 맺고 그냥 제 갈 길 알아서 가자는, 그냥 서로 잘 먹고 잘살자는 그런 얘기.

-개소리하고 있네. 왜? 쫄리냐?

채순덕의 얼굴이 붉어졌다.

-내 말을 믿지 못하는군.

타락천사는 시스템상으로 '마 속성의 힘을 가진, 마족을 제외한 모든 종족'에게 절대적인 상성우위를 가진다. 저놈이 아무리 날고기는 절대악이라도 소용없다는 얘기다.

'설마 또 무슨 카운터를 가지고 있지는 않겠지.'

절대악은 꼭 자신보다 한발 앞서서, 성좌들의 공격에 대한 방어체계를 갖추고 있었다. 토러스 기병대에게 짓밟혔던 그 기억은 그녀의 인생 역사상 가장 치욕스러운 순간으로 남아 있다.

'설마 아닐 거야.'

설마. 또 그러겠어?

'맞아. 저놈은 성족과 마족에 대해서 전혀 몰랐지.'

아까 그랬다. 성족과 마족에 대해서 물었었다. 그런 게 있는지 처음 아는 것 같았다.

'그래!'

자신감이 조금 생겼다. 지금 저놈은 이 타락천사군단을 이 길 힘이 없다.

'마성격을 믿고 있는 모양이지.'

소용없다. 마성격 역시, 마족이 아닌 악/마 속성 플레이어가 펼친 일종의 결계 스킬 같은 거다. 타락천사 앞에서는 무의미 한 설정값이라는 얘기다.

협상은 물 건너갔다.

'너를 반드시 델리트시킨다.'

델리트시킨 뒤.

'현실에서도 죽인다.'

반드시 그렇게 만들어야 했다.

"절대악. 사회 반동분자인 너를 처단하기 위해. 성좌인 내가 직접 칼을 빼 들기로 했다."

* * *

조해성은 이 상황을 믿을 수 없었다.

"후보님. 지지율 20퍼센트를 돌파했습니다."

"그, 그, 그렇군요."

그런데 이건 시작에 불과하다는 거다. 절대악과 밥을 먹은 지 겨우 1주일 지났다. 더 정확하게 말하자면 5일 지났다. 5일

지났는데 20퍼센트를 돌파했다.

여전히 조해성의 이름은 실시간 검색어 1위. 순식간에 호감도 1위의 정치인. 호감도 1위의 대선주자로 선정되었다. 겨우 5일 만에.

"상승세가 이루 말할 수가 없을 정도입니다."

"이 정도면 돌풍이 아니라 핵폭풍입니다."

조해성은 이 상황을 눈으로 보면서도 믿기 힘들었다.

'그저 밥 한 끼 했을 뿐인데……'

분위기가 좋았다. 밥을 먹고 한 차례 티타임까지 가졌다. 둘의 생각은 일치하는 부분이 많았다. 상식이 통하는 대한민국을 만들고 싶다. 그 얘기를 많이 했다. 부조리한 현실에 대대적인 개혁이 필요하다는 생각에도 서로의 의견이 통했다.

'그저 커피 한잔 마셨을 뿐인데……'

그런데 지지율 20프로 상승이라니.

"현재 추세대로라면 다음 주면 지지율 40퍼센트를 돌파할 것 같습니다."

"너무 호들갑은 떨지 않도록 하죠."

호들갑 떨어서 좋을 게 없다. 이건 아주 잠깐의 반등일 수도 있다. 그는 지지기반이 거의 없다시피 하다.

이건 아주 잠깐. 대중이 절대악 때문에 잠깐 관심을 가져주는 것일 수도 있다. 그는 10년간 배워왔다. 방심하는 순간 끝이다.

"중도. 진보. 보수. 가리지 않습니다. 제 생각에 따르면……. 지지기반이 역대 최고로 고루 분포되어 있습니다. 국민 모두를 포용할 수 있습니다."

"반대로 말하자면 어느 한쪽의 단단한 지지세력은 없다는 뜻이죠."

조해성은 이번이 마지막 기회라고 생각했다. 신이 주신 마지막 기회. 너무 경거망동해서 날려버릴 수 없는 소중한 기회였다.

'최선을 다한다.'

조해성이 이 말도 안 되는 상황에, 다음 주면 지지율 40프로를 돌파할 거라는 거의 100프로 확실한 가정에도 침착함을 유지하고 있을 무렵.

러시아 대통령은 기회를 잡았다고 생각했다.

"저번에는…… 제대로 준비를 하지 못했어."

특히 미국 놈들. 절대악에게 그렇게 아양을 부릴 줄이야. 저번에는 너무 급했던 감이 있었다.

"절대악이 조해성 후보를 지지하고 있다지?"

"공식적으로는 아닙니다만."

상황이 그렇다. 절대악이 지지해 주는 유일한 정치인 아닌가.

"조해성 후보에 대한 정보를 파악해서 넘기도록. 향후 외교 일정에 있어서 미국. 중국에 버금가는, 아니. 그 이상의 대우를 할 수 있도록 준비해야 돼."

"……예?"

파렴 플레이어 14

여태까지는 그렇지 않았다.

국제관계라는 것은 오묘하다. 자리배치를 어떻게 하느냐, 어떻게 대접하느냐에 따라 그 관계가 발전할 수도, 쇠퇴할 수도 있다.

힘의 격차를 느끼게 굴욕감을 줄 수도 있고, 기분 좋게 만들어줄 수도 있다. 아주 세세한 것 하나까지. 대통령의 손짓 하나까지도 정치적 의미를 담는다.

"조해성에 대해 최대한 빠르게 파악해서 올리도록. 인물의 성향에 맞는 외교를 해야지."

러시아 대통령은 이미 조해성이 대통령이 되었다고 생각하는 것 같았다.

"아직 지지율 20퍼센트 대의 후보에 불과합니다."

"그게 5일 만의 결과지. 대통령 선거까지 아직 3주는 남았잖아."

3주면 압도적인 1위를 하고도 남을 거다. 그는 직감했다. 앞으로는 조해성과 잘해야 한다. 한국과 잘 지내야 한다. 그래서 절대악의 환심을 좀 사야 할 필요가 있다.

중국 주석도 한국의 상황을 주시했다.

"조해성이 누구지?"

어떻게 절대악의 지지를 받았지? 뭐하는 사람이지? 어떻게 했지?

"올해 39세의 젊은 대선주자입니다. 은퇴를 결심하고 출마를 했다고 하는데……."

마지막 아름다운 도전으로 대선에 출마했는데 갑자기 판이 바뀌어 버렸단다.

"돌겠군."

하필이면 절대악이 지지하는 정치인이라니.

"전대 대통령은 참 쉬웠는데."

전 대통령은 참 쉬웠다. 주석이 보기에 전대 한국 대통령은 거의 신하나 다름없었다. 이렇게 하라면 이렇게 하고, 저렇게 하라면 저렇게 하는.

"말씀을 조심하셔야 할 것 같습니다."

"여기는 자네와 나밖에 없잖나."

하여튼 이거 참 문제다. 전대 대통령은 호구였지만 이번에는 아니다. 조해성이 대통령이 되면?

"한국과의 관계를 긴밀하게 조정해야겠군."

그나마 여태까지는 한국 정부가 정지 상태에 들어가 있어서 별로 신경 쓸 게 없었는데, 이제는 절대악의 지지를 받고 있는 새로운 대통령이 탄생한다.

절대악의 비호를 받고 있는 대통령과의 외교. 껄끄럽기 그지 없다. 아마 상당 부분 중국에서 양보를 해줘야 할 거다.

미국 역시 촉각을 곤두세웠다. 미국 역시 조해성이 압도적인 지지로 대통령이 될 것을 예측했다.

"조해성의 인물 성향을 파악하고 우리가 가장 먼저 초청하는 것으로 하지. 아니."

그러면 절대악이 싫어하려나? 감히 내가 지지하는 대통령을 오라 가라 해? 이러면서 기분 나빠하면 안 되지. 블랙 스톤 500개를 가진 사람인데.

"일단 대통령이 되는 그 즉시…… 부통령, 자네가 특사로 좀 다녀오게. 정중하게 직접 초빙하는 거야."

전화로 해도 된다. 보통은 그렇다. 그러나 지금은 상황이 아주 많이 달라졌다. 절대악의 지지를 받는 대통령. 그 왕관의 무게와 권위는 감히 상상할 수 없을 정도.

부통령도 고개를 끄덕였다.

"……저도 동의합니다."

그래. 절대악한테는 잘 보여야지. 그래야 블랙 스톤 하나라도 더 떨어지지.

세계 강대국들. 각국 정상들이 한국과의 외교와 관련하여 온 정신을 쏟고 있을 때에 채순덕도 온 정신을 쏟았다.

'마족과 성족의 존재조차도 몰랐던 놈이 허세를 부리는구나.'

처음에는 긴가민가했다. 언제나 상식을 파괴했던 놈이라 좀 조심했다. 그래서 협상부터 한 거다.

그녀는 언제나 그렇듯 카메라들을 대동했다. 이번에도 역시 공중파 3사였다.

대사를 읊듯 외쳤다.

"네놈이 세계의 영웅? 포퓰리즘이나 펼칠 줄 아는 사기꾼 반동분자 주제에. 너는 이 자랑스러운 대한민국을 혼돈과 파국으로 몰고 갈 허울 좋은 놈이다."

그리고 명령했다.

"타락천사여. 계약 상위 주체의 명령에 따라, 마족이 아니면서 감히 마족의 힘을 탐하는 모든 생명체에게 단죄의 빛을 흩뿌려라!"

타락천사가 검은색 날개를 활짝 폈다. 하늘로 날아올랐다. 3천에 달하는 타락천사들이 그 뒤를 따랐다.

그 장면 자체만 놓고 보면 장관이라 할 수 있었다. 채순덕은 이번에야말로 믿어 의심치 않았다.

'보라. 내가 가져온 비장의 패가 가진 힘을……!'

카메라들이 상황에 집중했다. 다만 그들도 이제 생방송을 하지는 않았다. 혹시 모르니까. 혹시 또 호언장담하던 성좌가 처참하게 짓밟힐 수도 있으니까.

한주혁이 피식 웃었다.

"좆 까."

11장
착한 절대악(1)

"좆 까."

한주혁은 인벤토리에서 아이템 하나를 꺼내 들었다. 아이템의 이름은 마족의 뿔. 현재 한주혁의 데미안을 소환할 수 있는 마족의 뿔과 가든을 소환할 수 있는 마족의 뿔을 가지고있다.

'이럴 땐 가든이 제격이지.'

데미안은 너무 과하다. 닭 잡는 데 소 잡는 칼을 쓸 필요는없지 않은가.

-마족의 뿔을 사용하시겠습니까?
-두 개의 마족의 뿔이 확인됩니다.

"가든."

심지어 그냥 마족의 뿔도 아니고, 다른 차원에 있는 게 아니라면 언제 어디서든 소환이 가능한 '마족의 정수'로 강화된 마족의 뿔이다.

-소환 가능 지역입니다.
-마족 가든이 소환에 응합니다.

한주혁 몸 바로 옆에 검은색 기운이 몰려들었다. 검은색 마법진이 생겨났다. 땅 밑에서부터 누군가가 모습을 드러냈다.

"저를 부른 것입니까. 계약 상위 주체이시여."

하늘에는 검은색 날개를 가진 3천 군단. 땅에는 모습을 드러낸 마족 가든.

"저 잡탕 같은 놈들은 무엇입니까?"

가든은 지금 한주혁이 어마어마한 계약 상위 주체로 생각하고 있다. 악마의 대저택의 주인인 데미안이 깍듯하게 모시는 계약 상위 주체 아닌가. 그것만으로도 이미 충분히 어렵고 대단한 거다.

"감히 살기를 내뿜고 있는 것입니까?"

마족 가든은 타락천사의 정체를 이미 파악한 것처럼 보였다.

"감히."

가든이 이를 갈았다. 이도 저도 아닌 잡스러운 놈들이. 감히 나의 계약 상위 주체를 향해.

"살기를 드러내?"

한주혁이 고개를 끄덕였다.

"가든. 계약 하위 주체여. 내가 너를 소환한 이유를 잘 알겠지?"

"물론입니다."

현재 한주혁은 성벽 위에 서 있는 상태. 가든은 성벽 바깥을 향해 걸었다. 가든은 허공을 걸었다. 마치 공기가 땅인 것처럼. 계단을 올라가는 것처럼 3천 군단을 향해 걸음을 옮겼다.

"……."

여태까지는 별다른 표정의 변화가 없던 타락천사가 움찔했다. 채순덕이 데려온 기자들이 뭔가를 발견했다.

"저, 저기 보십시오!"

"타락천사들이 땅으로 떨어지고 있습니다!"

한주혁도 볼 수 있었다.

맨 앞에 있는, 대장이라 짐작되는 타락천사의 뒤를 따르던 3천 명의 타락천사가 우수수 땅으로 떨어져 내리고 있었다. 날개가 사라졌다.

그 현상은 가든이 한 걸음, 한 걸음 가까워질 때마다 두드러졌다.

"마족의 힘을 탐한 주제에 마족을 능멸한 죄."

그나마 날개가 남아 있는 약 절반. 그러니까 약 1,500명의 타락천사들이 등을 돌렸다. 날개를 펼쳤다. 도망치기 시작했다. 하늘로 날아오를 때의 그 엄청난 위용은 이미 잊은 지 오래였다. 군단이 아니라 새 떼 같았다. 오른손에 들고 있던 검마저도 놓쳐 버렸다.

채순덕은 그 검을 피하기 위해 몸을 굴려야만 했다.

"야이 미친 것들아! 나한테 무기를 떨어뜨리면 어떡해!"

채순덕은 무엇인가가 잘못되었음을 느꼈다.

"마족과 성족을 모른다고 하지 않았나!"

한주혁이 어깨를 으쓱했다.

"내가? 언제? 꿈 꿨나?"

어차피 대화는 귓말로 했다. 채순덕이 상호불가침조약을 맺자면서 귓말을 하지 않았던가. 증거 따위는 없다.

"내가 마족을 왜 몰라?"

채순덕은 소리치고 싶었다. 이 사기꾼 같은 새끼. 사악한 새끼. 분명히 모른다고 했잖아. 이 더러운 새끼야! 왜! 왜!

'왜, 하필이면……!'

어째서 하필이면 지금 이 타이밍에 마족이 튀어나온단 말인가. 절대악을 상대하기 위한 최종병기. 타락천사에게는 절대적인 카운터가 하나 있다. 바로 마족이다. 마족의 힘을 동경하여 마족이 된 성족 타락천사이기에 마족에게는 힘을 못 쓴다.

공중파 3사 기자들은 하나같이 생각했다.

'이래서…… 생방이 금지된 거구나.'

생방이 금지다. 또 이런 일이 발생할까 봐 그런 거다. 한주혁은 하늘을 올려다보며 스킬을 펼쳤다.

-스킬. 악의 결계를 사용합니다.

너네. 도망은 못 쳐.

보스 몬스터들 도망치는 거야 지긋지긋하다. 쟤네가 타락천사라는 이름을 하고 있을 뿐, 그냥 개념만 보자면 자신이 잡아야 할 레이드 몬스터들 아닌가.

'쟤도 내 충성 서약서에 들어가 있고.'

이런 경우, 아마도 권속으로 인정이 된다. 권속으로 인정되는 경우, 대부분 경험치를 공유하게 된다. 그러니까 도망치게 놔두면 안 된다. 분신이든 뭐든. 일단 때려잡고 봐야 할 거 같다.

"감히 내 계약 상위 주체에게 이빨을 드러낸 죄. 그 목숨으로 갚아라."

가든의 몸이 사라졌다. 한주혁조차도 그 움직임을 순간적으로 놓칠 정도의 폭발적인 스피드였다.

가든의 손이 타락천사의 목을 뚫었다. 크리티컬샷. 즉사다.

타락천사는 검은 잿더미가 되어 땅에 떨어져 내렸다. 그와 동시에 놀라운 일이 벌어졌다.

채순덕이 절규했다.

"아, 아, 안 돼……!"

도망치려 날갯짓하던 타락천사들도 전부 검은 잿더미가 되어 땅으로 떨어져 내리기 시작한 거다. 본신과 분신의 개념이 맞는 듯했다.

'이건 말도 안 돼.'

어떻게 준비한 카운터 패인데. 이렇게 허망하게 무너질 수는 없다.

'일어나!'

검은 잿더미가 된 타락천사에게 외쳤다.

"일어나라고! 이 시발 놈아!"

그것이 명령어였을까. 검은 잿더미에서 변화가 일었다. 방금 마법진에서 가든이 모습을 드러낸 것처럼. 타락천사도 모습을 드러냈다.

그러나 인간의 모습과는 많이 멀어져 있었다. 마치 검은색 도마뱀 같은 모습이었다. 피부가 마치 검은색 뱀 같았고 끈적이는 액체가 몸에서 흘러나오고 있었다.

가든이 어이없다는 듯 웃었다.

"뭐야. 겉모습만 그럴듯했지. 본질은 겨우 마물이었나?"

진짜 타락천사도 아니고. 타락천사 흉내를 내는 그런 놈들.

"어쩐지. 너무 약하다 했다."

그러고서 한주혁을 쳐다봤다.

"계약 상위 주체시여. 이렇게 하잘것없는 놈 때문에 나를 부른 것입니까?"

"그럼 내가 움직이리?"

그 말에 가든은 정신을 차렸다. 맞다. 그래. 움직여도 나 같이 약한 놈이 움직이는 게 맞지. 저 타락천사가 되다만 성족 때문에 잠깐 너무 우쭐했다.

"잠시 실언했습니다."

갑자기 우월감이 너무 많이 들어서 실수한 거다.

"나의 과오를 용서해 주기를 빕니다."

그럼요. 내가 움직이는 게 맞죠.

"원래 허드렛일은 막내들이 하는 거야."

"……막내…… 요?"

멀리서 상황을 주시하던 루펜달은 감격에 차올랐다. 저놈은 막내다. 형님께서 지정해 주셨다. 내게도 동생이 생겼다. 냉큼 달려왔다. 그러고서 가든의 뒤통수를 한 대 후려쳤다.

"이 막내 놈아. 막내면 막내답게 굴어라!"

가든은 황당했다.

'뭐 이런 미친놈이……?'

마음먹고 치면 한주먹거리도 안 될 것 같은데 이 무슨 자신감이란 말인가.

'진실의 눈.'

진실의 눈을 사용해 봤는데 저 미친놈의 말은 100퍼센트 진심이었다. 데미안만큼 정교한 진실의 눈은 아니지만, 저 정도로 약한 인간의 마음 정도는 간단하게 파악할 수 있다.

저놈을 통해 매우 강력하고 확고한 믿음과 진실이 느껴졌다.

'내가 막내.'

막내라는 개념은 없다. 그러나 진실의 눈을 통해 진실을 받아들였다. 그 진실을 통하여 진리를 획득했다.

'……까라면 깐다……?'

그것이 막내 된 자의 사명?

'……나는 강력한 펫 1호. 네 계약 상위 주체의 가장 가까운 측근이자 위대한 펫?'

가든은 좀 혼란스러웠다. 무슨 내용인지 이해가 잘 안 되는데, 루펜달이라는 저놈은 이 마음에 진실함을 담고 있다. 확신이고 믿음이었다.

'나는 서열이 마지막이라는 의미이구나.'

얼떨떨했다. 저렇게 약한 놈이. 이렇게까지 확신을 가진 것을 보면 내가 막내가 맞나 싶다.

가족의 개념도, 막내의 개념도 없지만 서열의 개념이 서자 확실해졌다.

'저놈은 약하지만…….'

무려.

'계약 상위 주체의 위대한 펫 1호.'

그러니까 서열이 자신보다 높은 거 같다. 저렇게 약한 놈이 이 정도로 확신하면 진실 아니겠는가. 진실의 눈도 진실이라고 얘기하고 있었다.

"……맞습니다. 저는 막내입니다."

한주혁은 루펜달과 가든을 신경 쓰지 않았다. 그 역시 성벽을 내려갔다. 채순덕에게 가까이 다가간 한주혁이 물었다.

"궁금한 게 하나 있는데."

"닥쳐라! 이 사악한 뱀 같은 새끼야!"

그사이 검은 도마뱀 같은 피부를 가진, 눈이 시뻘건 개체. 사람도 아니고 도마뱀도 아닌 괴상하게 생긴 마물. 그러니까 가든의 표현을 빌리자면 '되다 만 타락천사'가 한주혁을 향해 달려들었다.

언제 움직였는지 가든이 타락천사의 몸을 두 동강 내버렸다.

-타락천사를 사살하였습니다.

-마족 가든이 권속으로 인정됩니다.

-권속과의 경험치를 공유합니다.

한주혁은 알림을 잠시 멈춰놓았다. 채순덕과 잠시 대화하기 위해서.

"순덕아. 너 혹시 레벨 400 넘냐?"

"닥치란 말이다!"

모습을 드러내라. 나의 몸종들이여. 태양의 사제들이여. 빛과 검과 무수한 힘으로 네 앞의 적을 섬멸하라!

기병대가 모습을 드러냈다. 한주혁이 피식 웃었다.

"레벨 400도 안 되는 게."

가든은 비록 막내지만, 입장제한 레벨이 400인 곳의 준보스 NPC다. 레벨 400도 안 되는 힘으로 얻은 '타락천사' 따위가 뭘 할 수 있겠는가.

"내가 너희를 능력이 없어서 못 죽이는 걸로 보이냐?"

아니다. 이제는 추적 스킬도 생겼겠다, 마음만 먹으면 얼마든지 추적이 가능하다. 지금 눈앞에 처리해야 할 문제들이 너무 많아서 잠시 생명 연장을 해주고 있을 뿐이다.

'놈들에게도 새로운 세력이 생기긴 하겠네.'

자신보다는 한참 늦겠지만.

'마족과 성족으로 확장되고.'

스케일은 제국 단위로 커질 것이다. 어쩌면 제국을 넘어 차원 단위로 커질지도 모를 일이다.

-스킬. 악의 결계를 사용합니다.

도망은 못 쳐.

"너같이 약해빠진 애 잡아서 뭐하냐? 그냥 돌아가."

발악하던 채순덕이 순간 움직임을 멈췄다. 살려준다고? 돌아가라고?

"진심…… 이냐?"

한주혁이 빙그레 웃었다. 고개를 끄덕였다. 채순덕이 조심스레 뒷걸음질 쳤다. 살려준다면 좋은 거 아닌가.

언론 플레이를 할 수도 있다. 놈이 성좌의 무서움을 알고 보복이 두려워 살려줬다고. 뭐가 됐든 죽는 것보다는 낫다.

채순덕은 끝까지 자존심을 굽히지 않았다.

"다, 다음번에 볼 때에는 훨씬 더 준비되어 있을 것이다."

저놈은 아무래도 대단히 높은 등급의 마족을 손에 넣은 것이 틀림없다. 이쪽도 노력하면 저보다 높은 등급의 성족을 손에 넣을 수 있을 것이다. 성좌의 특수 능력까지 더해진다면. 시간만 주어지면 절대악을 잡을 수 있을 것이다. 적어도 그녀는 그렇게 생각했다.

"그래."

채순덕은 믿을 수 없었다. 얘가 날 왜 살려주지. 뭐지. 그녀가 걸음을 옮겼다. 세 발자국 정도 옮겼을 때. 한주혁이 씨익 웃었다.

"뻥이야."

-스킬. 아수라극천무를 사용합니다.

아수라극천무가 펼쳐졌다. 사실 이건 대단위 광역 스킬이다. 눈앞에 보이는 모든 적을 섬멸할 수 있다.

검은 잿더미가 된 채순덕은 한동안 말을 잇지 못했다.

"……."

한주혁이 어깨를 으쓱했다.

"너희가 좋아하는 거잖아. 뒤통수 치는 거."

얘네 때문에 사용한 블랙 스톤과 정신적, 시간적, 물적 피해가 얼마란 말인가.

"너희도 조심해. 조만간 전부 친절한 인사를 기다려야 할 거야."

"……."

채순덕은 차라리 죽고 싶었다. 창피해 죽을 것 같다. 저놈을 믿은 자신이 경멸스러웠다.

한주혁이 공중파 3사 기자들을 향해 물었다.

"여러분들은 이거 방송 안 할 거죠?"

"……아, 아닙니다."

"안 할 거면서."

공중파 3사는 이미 한주혁 자신과 완전히 다른 길을 가고 있다. 돌이킬 수 없다고 생각하는 모양이다.

그냥 혼잣말로 중얼거렸다.

"그래도 반성하고 올바른 길로 가면 참 좋을 텐데."

기자들까지 죽이지는 않았다. 저들이 무슨 죄가 있겠는가. 수뇌부들이 문제지. 한주혁은 아까 잠시 멈춰 놓았던 알림을 다시 진행시켰다. 알림이 이어지기 시작했다.

알림이 시작되었을 때. 한주혁의 몸이 잠깐 굳었다.

'어? 잠깐.'

성족 사살과 관련하여, 생각지 못했던 내용이 포함되어 있었다.

'와. 이거 진짜 괜찮은데?'

to be continued

나는 몰 놈이다

글쓰는기계 게임 판타지 장편소설
WISHBOOKS GAME FANTASY STORY

판타지 온라인의 투기장.
대장장이로 PVP 랭킹을 휩쓴 남자가 있다?

"아니, 어디서 이런 미친놈이 나타나서……."

랭킹 20위, 일대일 싸움 특화형 도적, 패배!

"항복!"

'바퀴벌레'라고 불릴 정도로
끈질긴 생명력을 가진 성기사조차 패배!

"판타지 온라인 2, 다음 달에 나온다고 했지?"

평범함을 거부하는 남자, 김태현!
그가 써내려가는 신개념 게임 정복기!

우진 현대 판타지 장편소설
WISHBOOKS MODERN FANTASY STORY

다시 태어난 베토벤

1827년 한 남자의 죽음으로 고전 시대가 저물었다.

**그러나
그가 지핀 낭만의 불씨가 타오르니
비로소 새로운 시대가 열렸다.**

긴 시간이 흘러 찬란했던 불꽃도 저물어 갈 즈음.
스스로 지핀 불씨를 지키기 위해
불멸의 천재가 다시 태어났다.

〈다시 태어난 베토벤〉

**마치 운명이 문을 두드리듯
힘차게 손을 뻗어 외친다.
"아우아!"**

마왕성 플레이어

트레샤 퓨전 판타지 장편소설

WISHBOOKS FUSION FANTASY STORY

신들의 전장, 하멜.

집으로 돌아가기 위한 마지막 싸움.
믿었던 동료가 배신했다!

[영혼 이식의 대상을 선택해 주십시오.]

뒤바뀐 운명. 최약의 마왕. 그리고…….

"이번에는 좀 다를 거다!"

**어둠 속에 날카로운 칼날을 감춘,
마왕성 플레이어의 차가운 복수가 시작된다.**

Wish Books
OTHER VOICES
악마의 음악
WISHBOOKS MODERN FANTASY STORY
경우勁雨 현대 판타지 장편소설
[악마의 목소리가 담긴 음악으로
세상에 행복을 줄 수 있을까?]
지미 헨드릭스부터 라흐마니노프까지
꿈속에서 만나는 역사적 뮤지션!
노래를 사랑하는 소년에게 나타난 악마.
그런 소년에게 내려진 악마들의 축복.
악마의 음악
수많은 악마의 축복 속에서
세상을 향한 소년의 노래가 시작된다.

소드마스터 힐러님

침략자 퓨전 판타지 장편소설

모두에게 무시당하던 낮은 전투력.

힐러라고 부르기도 민망한 힐량.

모두에게 무시만 받던 나날이었다.

어제까지의 나는 최약의 헌터였다.

하지만 오늘, 검을 뽑은 순간!

나는 더 이상 나약한 힐러 따위가 아니다.

〈소드마스터 힐러님〉

나는 여전히 힐러다.
그리고 최강의 검성이다.